Paul-Bernhard Berghorn

WIE DIE MUSIK IN DIE WELT KAM

Eine Phantastische Erzählung

Herstellung und Verlag: BoD – Books on Demand,
Norderstedt
ISBN: 9783753499376

Sie sind wie taub: hören, aber verstehen nicht

Heraklit

Wer Unverhofftes nicht erhofft, kann es nicht finden

Heraklit

Wer giert, verliert

Arabisches Sprichwort

DIE ZEICHEN

Was war geschehen?

Oder besser was geschah dort, wo wir heute sagen, es sei der brasilianische Regenwald. Überrascht, aber nicht laut, liefen die Indios an den grossen Fluss, den wir als Amazonas kennen, und schauten hinauf zum Himmel. Und was sie sahen, sahen sie zum ersten Mal, seit sie sich und ihre Vorväter erinnern konnten. Sie fürchteten sich nicht sondern waren eher erstaunt, mit verhaltener Heiterkeit betrachteten sie das seltsame Spiel der grossen, schweren Wolken. Es waren aber nicht die grauen, tiefhängenden Wolken, die sie kannten, und die heftigen Regen ankündigten. Nein, es waren weisse Wolken, weiss wie der Rauch des Feuers, weisser, sanfter als die schweren Regenwolken am grauen Horizont. Und sie waren gross, breiter als der Strom und wie schnell sie neue Formen schufen, endlos.

Der sonst nur durch die Rufe der Tiere, der Schreie der Vögel bewegte und tönende Dschungel wurde wie wachgeküsst, ein sich steigerndes Rauschen durchfuhr das Blattwerk. Die grossen, für die Indios in den Geist ragende Bäume bewegten sich erst würdevoll, dann sich lebendig steigernd bogen sie ihre Kraft, so als wollten sie lachen.

Die Ufer des grossen Stromes waren bevölkert mit staunenden Indios die angstlos sahen, wie aus den weissen Wolken nun weisse Flocken auf ihren Wald, den sie das grüne Meer nannten, hernieder tanzten und sich schnell auf ihrer braunen Haut in durchsichtig schimmernde Tropfen verwandelten, so leicht wie der Atem, schnell wie der Blick des Jaguars und der dunkle Fisch im braunen Strom.

Was bedeuteten diese Boten des Himmels, fragten die Erwachsenen? Was will uns der grosse Geist sagen?

Was haben wir getan, dass wir dies erleben? Während die Erwachsenen und die noch Älteren sich dies fragten, waren es die Kinder die lachend und jauchzend nach den weissen Flocken rannten und schwammen, auf Bäume kletterten, ihre Münder aufsperrten, um dieses Weiss vom Himmel zu schmecken, zu essen, zu trinken. Auch die Vögel versuchten diese Flocken zu erhaschen, flogen ihnen nach, hinauf in die Wipfel der Bäume oder liessen sich auf den Wellen des breiten, träge dahin fliessenden Stromes tragen, der nun gleich einem nie enden wollenden weissen Band glich.

Die Alten, Kenner ihres Waldes und in tiefem Respekt mit ihm verbunden, erklärten den Erwachsenen, dass der grosse Geist denke, dass das Unerklärbare nicht Sorge und Zweifel notwendig mache, denn wenn der grosse Geist uns etwas gibt, woran die Kinder soviel Freude haben, so kann dies nicht schlecht, nicht Sorgen bereiten für uns, die wir den Wald kennen und achten, und auch für die Tiere nicht wie für den Strom, der uns einst zum grossen Geist führen wird.-

So sprachen sie an den Ufern und lange noch regnete es weiss vom Himmel, sanft, lautlos, ohne Ton, nicht wie der tägliche Regen.

Und dann – wie aus dem Nichts wurde der Himmel so weiss, dass die Indios sich die Augen mit ihren Händen schützen mussten, riss ein Blitz dieses Weiss auseinander; noch intensiver wurde das regnende Weiss, ein Sturm brach los – der Wald verstummt nur für die Dauer einer Welle, die ans Ufer pendelte und plötzlich wie das Weiss gekommen, so war es auch wieder verschwunden, die Sonne war heiss, die Schwüle, so wie die Bewohner des Waldes sie kannten, hing wieder zwischen den Bäumen und die Stimmen des Blattwerkes sangen in gewohnter Melodie.-

Überrascht schauten die Menschen zum Himmel und auf die grüne Pracht der Bäume, die nur Augenblicke zuvor noch in weiss getaucht waren und nun ihr ewig grünes Kleid wieder zeigten. In dieser Farbe der Ruhe, der Umarmung.

Eine alte, sehr üppig gebaute Indio-Frau mit noch kräftig schwarzen Haaren, sah auf den Strom und sagte zu ihrer schon erwachsenen Enkelin, einer Frau von biegsam-grazilier Erscheinung und jenem traurig-heiteren Blick, der gleichzeitig Verstehen und Staunen ausdrückt, zu dieser Enkelin sagte jene lebenserfahrene Frau „Jara, wir waren bei einer Geburt dabei. Ich habe so viele Kinder geboren, ich kenne das plötzlich auftretende Geheimnis des Gebärens."

„Aber Mae, wer soll geboren sein?"

„Nicht wer, was ist geboren, musst du fragen."

„Mae, was soll geboren worden sein? Und wer hat es geboren?"

„Grösse und Schmerz gehören zusammen. Der grosse Geist wird uns fühlen lassen was er geboren hat, geboren durch und aus seinem Willen."

„Mae, masse dir nicht an so vom grossen Geist zu sprechen."

„Tochter künftigen Lebens, wer erkennt, masst sich nicht an. War es nicht der grosse Geist, der mir die Augen gab? Helfe mir, ich bin schläfrig und will zurück zwischen meinen zwei geliebten Bäumen mich wiegen."

Jara, die junge Frau half und so schritten sie würdevoll weg vom Strom ins Dickicht, zum Ort des Wunsches der alten Frau. Jara half ihr sich in ihre Palmenmatte zu legen, die zwischen zwei Bäumen befestigt war, und wiegte sie.

Als der Abend ebenso schnell wie schwarz sein Tuch gelassen über diesen Ort warf, hatte der grosse Geist die durch das Leben weise und erkennende Frau in seine – in die grössere Sphäre als es das Leben ist – reisen lassen.-

Zur gleichen Stunde, als das unerklärliche Weiss den Regenwald in die Landschaft des Traumes, der Magie tauchen liess, ereignete sich seltsames auf der grossen Landmasse, die wir als Afrika benennen, in jener Wüste, die auf der Karte der Welt mit Sahara bezeichnet worden ist.

Eine Karawane mit vierzig Kamelen zog in glühender Hitze, die in der Mitte des Tages dort herrscht, durch die sandigen Weiten. Die Männer, die auf ihren hellen Kamelen ritten, waren in schwarze Gewänder gehüllt. Das Gesicht nur bis auf die Augen verdeckt, auf dem Kopf hatten sie ein Tuch geschwungen, welches die Farbe der nahenden Nacht zeigte. Keiner der Männer sprach ein Wort, nur das Rauschen des Sandes zog an ihnen vorbei und die flirrende Luft eilte ihnen voraus. Es war, als gäbe es kein Gestern und kein Morgen, als sei das Hier, schon vergangen, ehe es begonnen hätte. Tag für Tag, Stunde um Stunde zog die Karawane ihren Weg – unerschütterlich, wie von fremder Hand bewegt.

Gleich dem Halbschlaf sassen die Männer auf ihren Tieren – diesen zuverlässigsten Schiffen der Wüste, wie die Söhne der Wüste ihre Kamele respektvoll nannten – als plötzlich alle Tiere unruhig wurden, laut blökten, wild mit den Hufen scharrten und versuchten aus der Linie, die die Karawane bildete, herauszubrechen, schneller davoneilen wollten als es ihr Reiter erlaubte. Die Männer sahen auf hinaus in die Weite, und was sie sahen liess sie erschrecken, es war nicht mehr die flirrende Luft, die vorauseilte, nicht die eingebildeten Schatten an den Sanddünen. Während sie noch auf das noch nie Gesehene schauten, stürzten ebenso plötzlich die Kamele, eines nach dem anderen, waren sie nicht mehr fähig sich auf den Beinen zu halten, verloren den vertrauten Halt unter ihren Hufen.
Die schwarzgewandeten Männer versuchten aufzustehen, doch kaum standen sie, rutschen sie aus und fielen erneut zu Boden, so wie es auch die Kamele versuchten. Der Boden war glatt. Inmitten der Wüste. So, als würden sie sich auf Glas bewegen. Soweit die Augen der Männer auch schweiften, es war, als sei über dem Sand der Wüste eine riesige Glassscheibe gelegt worden. Dieses Glas aber war kein Glas, soviel konnten die Männer bemerken, es war weder kalt noch heiss und wurde es

trotz der Glut der Tageshitze auch nicht. Ratlos sahen sich die Männer an, die im Schatten ihrer Kamele lagen. Was sollten sie tun?

Ein junger, stolzer, klein gewachsener Mann versuchte mit seinem Dolch ein Loch in dieses Nicht-Glas zu schlagen, doch immer, wenn er ein kleines Loch geschlagen hatte, konnte er sehen, wie es unter seinen Blicken wieder zuwuchs. Ein Zelt also konnten die Männer nicht aufschlagen. Langsam kam der Durst zu ihnen.

Ahmed, jener Mann, der die Karawane führte, nahm seinen Wasserschlauch aus Ziegenleder hervor. Er war schwerer als gewohnt, das Vertraute dieses Griffs war ihm nun fremd. Er öffnete den Wasserschlauch und setzte ihn an seinen Mund, doch statt Wasser kamen nur kleine milchig aussehende Splitter hervor, die, als er sie im Mund hatte, sofort zu Wasser wurden. Er schüttelte einige dieser Splitter auf seine Hand und zeigte sie seinen Männern, die beobachteten, wie aus den milchigen, harten Splittern schnell eine Handvoll wertvollem Wasser wurde. Erstaunt schauten sie auf die Hand ihres Scheichs und dann wieder hinaus in die Wüste. Keiner der Männer hatte bis zu diesem Moment auch nur ein Wort oder einen Laut getan. Ahmed verneigte sich zu allen Himmelsrichtungen, die mit reisenden Männern taten es ihm gleich.

Dann hob Ahmed beide Hände, so als würde er etwas empfangen und sprach:

"Das Schicksal und die Wüste will es so: Wir können nur warten, müssen warten, bis das Schicksal und die Wüste uns erlauben weiterzuziehen. Und der ist ein Verräter an sich selbst, der dem Schicksal nicht die Würde des Wartens schenkt."

Sprach es und verneigte sich sanft vor seinen Brüdern im Schicksal. Die anderen Männer verneigten sich vor ihrem Scheich, zogen das Gesichtstuch fest und verharrten im Schweigen.-

Der Tag schien still zu stehen, denn die schwarzgewandeten Söhne der Wüste beobachteten, dass die Sonne ihren Lauf unterbrochen hatte, sie schien sich zu weigern fortzuschreiten, und auf diesem Nicht-Glass, im Kreise sitzend, dachten sie sich langsam in einen Halbschlaf.

Aus diesem Halbschlaf gerann der Traum, in dem die Schwerkraft, die Erdverbundenheit aufgehoben wird, wo die sandige und steinige Wüste sich zum Garten der Sinne und der Sinnlichkeit wandelt, wo der Lauf der Sonne sich ändert, Distanzen sich auf einen unbedeutend kleinen Schritt reduzieren, wo die Wirklichkeit wie nie gewesen ist.

Keiner der Männer wusste, wie lange sie dort gesessen hatten, wie lange sie warteten, als jener stolze klein gewachsene Mann sein Auge zur Sonne hob und sah, dass sie schien inmitten des nächtlichen Himmels und dass jenes Glas – was aber kein Glas war – verschwunden und er den Sand spürte.

„Brüder", sprach er "wacht auf, sehet diese Nacht, die ein Tag ist, schaut den Tag der auch Nacht ist!"

Die Männer, gelassen geworden durch die Endlosigkeit der Wüste, erhoben stolz ihr Haupt und sandten ihre Blicke hinauf zum Himmel und sahen was ihr Bruder im Schicksal gesprochen hatte.

Der Jüngste dieser ehrfürchtigen in sich ruhenden Männer, fast noch ein Knabe, rief mit der Stimme des schneidenden Entsetzens „Sehet, Ahmed erhebt nicht sein würdiges Haupt gen Himmel!"

Die Reisenden sahen, dass Ahmed in sich versunken im Sande sass. Sie lösten den grossen Kreis auf und schritten respektvoll an ihren Scheich.

„Ahmed, du, der du uns durch die Gefahren des wirbelnden Sandes geführt, spreche zu deinen Brüdern, die dich achten", so redete der Stolze und klein gewachsene Mann. Doch Ahmed schwieg. Da erfüllte Angst den Jüngsten, der fast noch ein Knabe war und fasste seinen Scheich an den Schultern und bemerkte mit Schrecken die gebrochenen Augen seines Scheichs, der sein Vater war.-

Die Männer erwiesen ihm, wie es ihrer Sitte entsprach, den letzten und höchsten Respekt.- Und dann klarte der Tag, der nun wirklich Tag wurde.

Abdullah, der stolze, klein gewachsene Mann sollte nach dem Willen der reisenden Männer nun die Karawane zur erhofften Oase führen.

Als die Männer ihre Kamele bestiegen fragte der Sohn des Ahmed:

„War das, was geschehen im Laufe einer Sonne oder ist es viele Monde her, war es am Tag als meine Mutter mich gebar oder die Stunde als ich meinen Wasser-schlauch füllte.?"

Keiner der erfahrenen und durch die Wüste bewährten Männer konnten dem Sohn ihres Scheichs Antwort geben.

Wussten sie noch was geschehen? War es, dass die Wüste mit ihnen spielte? Die Wüste, so hatte ihr weiser Scheich gesagt, gibt keine Antworten, warum, meine Brüder, stellt ihr Fragen?

Gott aber sah was er gewollt, gezeugt und geboren hatte. Er hatte nun zwei Kinder, ein Zwillingspaar.

Dort, wo der feucht-heisse Regenwald sich mit seinem Weiss bedeckte, dort gebar er einen Sohn, den er WIND nannte.

Dort, wo er die Wüste mit seinem Eis überzog, gebar er eine Tochter, die er ZEIT nannte.

Und Gott sah, dass diese beiden grossen Kinder sich verstanden, wie sein Sohn WIND mit seiner Schwester ZEIT umherwirbelten und wie geschickt, wie leicht sie ihm das Temperament zügelte, oder schon nicht mehr zu erkennen war, wenn er sie einfangen wollte und umgekehrt.

Gott lächelte – das tat er selten – und er wusste, dass die Menschen diese Kinder lieben werden, wenn auch nicht achten, aber vielleicht, war die Liebe wertvoller, stärker als die Achtung – bei den Menschen.

Und während Gott dies wusste, hörte er das Rauschen seiner Zwillinge, die lachend, parlierend durch sein Haus - das All - strömten und nun seinen Garten - die Ewigkeit - staunend erkundeten, spielend mit dem Nichts, das ihnen alles war- dies endlose Spiel der Gleichzeitigkeit, es sollte ihr Spiel werden- ein göttliches Spiel.

DIE MENSCHEN ERKENNEN DAS ZWILLINGSPAAR

Die Blätter an den Bäumen bewegten sich anders, der Schlag der Wellen war verändert, und der Lauf der Sonne in einem Rhythmus, den die Menschen so nicht kannten, ja selbst die Sandkörner der Wüste bewegten sich verspielter, und es gab nun Menschen, die gelassener wirkten, fern jeglicher Geschäftigkeit, fern der Basare und Märkte, sich des Augenblicks erfreuten und der Tag eine andere Bedeutung bekam, die Nacht nicht nur Teil des Schlafes war, der Traum auch am Tage seine Farbe, seine Bilder malte.

Es lag was in der Luft, die Aria war nun erfüllt, womit, wer konnte es sagen, wer benennen, dieses Unsagbare.
Doch die Menschen wollten es wissen, wollten dieses, was sie überraschte, benennen, diesem einen Namen geben – es erhaschen mit Worten, Begriffen, ja wollten es greifen.

So versuchten es die Philosophen, spazierend in den Hainen, die Priester in den Tempeln, die Dichter in den Amphitheatern, der Kaufmann aber fragte, ob er ein Geschäft damit machen könne und die Vertreter des Volkes, und auch und gerade die Unterdrücker der Völker, wollten wissen, ob dies ihre Macht erhalte, festige oder schwäche, und die Herren, die zuständig waren für den Krieg kannten diesen Feind nicht, aber so verkündeten sie, er sei bereits anwesend, sei unter uns - und die Herren glaubten was sie sagten.

Erfinder begannen nun darüber nachzudenken, ob dieses Neue nicht mit Maschinen zu erklären sei und so erfanden und bauten sie Maschinen.

Wie aber diese Bewegung, dessen Namen man nicht kannte, wie diese zwingen in ein System, wie dies beherrschen durch Zahlen, es einsperren zwischen Rädern und Schrauben. Was ist es was die Erfinder messen wollten, wie es einfangen, mit Netzen und Harpunen, mit Feuer verängstigen und mit Wasser ertränken. Nichts gab es womit sie dieses Neue, diese Bewegung fassen konnten. Griffen sie danach schon war es ihnen entglitten. Sie versuchten die Bewegung zu beschleunigen. Grosse Feuer wurden entfacht, in der Hoffnung die Bewegung würde sich verbrennen. Doch nur heftiger, grösser wurden die Feuer, die Bewegung schneller und schneller, schärfer, die Feuer kaum noch unter Kontrolle zu halten gerieten zum Brand. Wald, Steppe loderte und nur ein Regen, plötzlich, fast wie verärgert, löschte das Feuer. Ratlosigkeit machte sich breit.

Aber die Menschen stellten plötzlich wieder etwas fest. Obwohl es heiss war, kühlte diese Bewegung aufs angenehmste. Was nur war es. Wie sollten sie es nennen? Und dann plötzlich von einem Moment zum anderen, kürzer als ein Atemzug, war die Bewegung versiegt, nichts wurde mehr bewegt, kein Grashalm der Steppe, kein Blatt des Baumes am Rande der verbrannten Zone, und ebenso plötzlich wurde es den Menschen heiss, sehr heiss, Atemnot befiel sie, rangen nach Luft, nach Kühlung und sie begannen mit Armen Bewegungen zu machen und spürten dabei einen kleinen, kaum merkbaren Hauch der Befreiung, der Bewegungslosigkeit.

Diesen Hauch versuchten sie zu beschleunigen. Und wieder gab es Erfinder, die Maschinen entwickelten, um diesen Hauch zu beschleunigen, aber das Material, den Hauch, den sie hätten beschleunigen sollen, dieses Material hatten sie nicht.

Erneute Ratlosigkeit, ja Wut war die Folge, und die Menschen begannen zu fluchen, zu schimpfen, ja verwünschten diese Bewegung. Sie spürten ihre Grenzen, ihre Machtlosigkeit, ein kleiner Hauch, den sie selbst verursacht hatten, konnten sie nicht fangen, greifen, zähmen. Sie konnten ihm auch keine Richtung geben. Frei war diese Bewegung, unendlich frei, beneidenswert frei.

Eine kluge Frau, die all diese Versuche, diese vergeblichen Versuche ihrer Mitmenschen zum Einfangen dieser Bewegung sah, sprach, das, was frei sei auch frei bleiben solle. Nur wenn wir die Freiheit respektieren, können wir sie auch verstehen. Nur wer die Freiheit der Bewegung zulässt, kann selbst zur Bewegung, kann selbst zur Freiheit werden.
Die Menschen waren beeindruckt von den Worten dieser klugen Frau und fragten sie, was die Menschen denn weiter unternehmen sollten.
Befragt die Schwarze Sphinx!
Die Schwarze Sphinx?? riefen die Gelehrten, diese Frau, die so schamlos die Männer liebte?
Und die anderen Frauen des Volkes riefen, ja schrien die kluge Frau an: Willst du uns unsere Männer nehmen. Du weißt, wie gierig unsere Männer darauf sind dieser Schwarze Frau zu willen sein zu können. Du bist eine Verräterin unseres Geschlechts!
Laut war die Empörung, wild die Gesten dieser Frauen.
Doch Klugheit ist unempfindlich für das Laute, unbeeindruckt der wilden Gesten. So blieb auch die kluge Frau gelassen, schaute zum Himmel hinauf, sah, das die Bäume sich leicht bewegten, der unbekannte Hauch über das Land strich und Kühlung verströmte, lächelte und sprach: Ihr könnt eure Männer nur verlieren, wenn ihr es wollt. Gibt es grösseres als durch Liebe – auch durch körperliche Liebe – zur Erkenntnis zu gelangen? Ohne Liebe gibt es keine Erkenntnis?! Gedanken und Liebe sind nicht zu zähmen, sind nicht in Käfige zu verbannen. Bei ihnen gibt es nur ihr Leben oder ihren Tod. Wählt nun!

Die Frauen des Volkes, die diese Worte gehört hatten, wurden stumm. Und so wurde beschlossen den Rat einzuberufen, der darüber entscheiden sollte, ob man nun die Schwarze Sphinx befragen sollte oder nicht. Und wenn ja, welche Männer ausgewählt würden für die Schwarze Sphinx.

Der Rat versammelte sich in tiefer Nacht am See der springenden Fische, welcher mitten in einer sich weit ausbreitenden Savanne lag.

Doch der Rat, wer war das, wer ihre Mitglieder. Dieser höchste Rat der Völker bestand aus den Kranken eines Volkes, den Kindern und jenen Frauen – die gemeinhin vom Volk verachtet wurden, meist sehr schön und anmutig, es waren jene Frauen, die sich für Gold und andere Geschenke hingaben.

Es war eine der klügsten Entscheidungen gewesen, den die Völker der Savannen und Wälder getroffen hatten. Dieser Rat mit diesen Vertretern der Völker war eine Einrichtung, die sich über die Jahrhunderte bewährt hatte.

Doch warum, hatten die Völker diese Menschen – Kranke, Kinder und käufliche Frauen – gewählt? Weil ihre Erfahrung gezeigt hatte, dass keine dieser Gruppen nach Ruhm, nach Macht, nach Vorteil strebte.

Der Kranke war zu krank, um sich mit Ruhm und Ehre zu bekleiden, war zu kraftlos für die Macht.

Das Kind sah die Welt einfach, ja simpel, es strebte danach glücklich zu sein im Moment und lebte ohne Erinnerung.

Die käuflichen Frauen – letztendlich Amazonen der Liebe und der Lust – wussten, dass sie niemals Ehre und Achtung wiederfinden können. Sie wollte ein ungestörtes Leben mit etwas Behaglichkeit ohne die Wollust dafür zu missen, Gefahr, Gewalt war ihnen ein Gräuel und Krieg, wenn die Männer fortzogen und meist gebrochen an Seele und Körper zurückkehrten, Krieg war für sie ihr beruflicher Ruin.

Und da alle drei Gruppierungen der Völker somit keine persönlichen Vorteile wollten auf Kosten anderer, darum wurde der Rat so wertvoll, weise, und trat daher sehr selten zusammen.

Also versammelte sich der Rat, der genau aus 111 Mitgliedern bestand: 37 Kranke, 37 Kinder, 37 Hetären. Die Zahl 111 hatte man gewählt, da es so kein unentschiedenes Ergebnis geben konnte, eine Entscheidung also immer gefunden wurde.

Die Trommel und Hörner kündigten das Kommen der Ausgewählten, des Rates an. Der weite Platz, auf dem sich der Rat versammelte, war von mächtigen Bäumen kreisförmig umrundet. Die Fackeln wurden entzündet und die Wellen des Sees sowie der Flug der Fische verbreitete eine Atmosphäre von Leichtigkeit, in die sich geheimnisvolle Melancholie mischte.

Die Mitglieder des Rates nahmen ihre vorgegebenen Plätze ein, immer abwechselnd ein Kranker, ein Kind, eine Liebesamazone.

Als sich die einhundertelf Mitglieder gesetzt hatten, begannen zunächst fünf Frauen zu tanzen, zu denen sich im Laufe ihres Tanzes fünf Männer hinzugesellten. Nachdem der Tanz geendet hatte, begab sich der gewählte König und Häuptling in die Mitte des Kreises, verneigte sich nach allen Himmelsrichtungen, und hob seine Stimme: Ehrwürdiger, weiser Rat, wir haben euch nach Jahren des Schweigens wieder einberufen, da unser Volk, unsere Völker nicht wissen wie sie handeln sollen. Es gibt in unseren Ländern etwas Neues, was uns berührt, im wahrsten Sinne des Wortes, etwas, was wir bis anhin nicht kannten, was uns aber bannt, welches die Bäume und Wasser bewegt, Feuer entfacht und Kühlung vor demselben gibt, nicht zu sehen ist, aber zu hören und zu fühlen, welches voller angsteinflössender Kraft ist, Häuser und Hütten zerstören kann, Bäume entwurzelt und das Meer zum

Schäumen bringt, welches wir aber mit Maschinen nicht einfangen können noch es selbst Vollbringen können, ja, dessen Namen wir nicht einmal kennen und auch nicht wissen welchen Namen wir Diesem geben sollen. Darum, um aus unserer Verwirrung zu entkommen, haben wir euch ehrwürdiger, weiser Rat einberufen, mit der Frage, ob unsere Völker die Schwarze Sphinx befragen sollen, die Seherin der Erde und der Sterne. Dies ist unser Anliegen an euch. Entscheidet, und wie ihr auch entscheiden werdet, wir werden diesen Rat annehmen, ohne Frage und Zorn, ohne Missfallen und Rede.

Mit einer tiefen, würdigen Verneigung beendete der grosse Mann seine Worte und würdevoll schritt er aus dem Kreis, hin zu einem auf einem Hügel alleinstehendem Baum, setzte sich und verharrte die folgenden Stunden in Schweigen.

Im Kreis der Auserwählten war es zunächst still. Nach einer Zeit der Musse, der Gedanken, begann das erste Kind: Was so bewegt, dies will ich kennen! Und eine Liebesamazone fragte, es scheint, dass dieses Neue auch gefährlich ist.
Doch wenn du es kennst, sprach die zweite Amazone der Liebe, verliert es an Gefährlichkeit.
Warum aber, begann einer der Kranken, warum ist es jetzt plötzlich da, warum ist es uns nicht schon vor Zeiten aufgefallen?
Fürwahr eine wichtige Frage, sagte eine kleine Amazone der Liebe. Weil wir blind waren, sagte ein anderer Kranker, dessen Augen auf immer verschlossen waren.

So wurde gesprochen, Stunde um Stunde, dann, als der Tag sich schon in heller Anwesenheit vorbereitete, wurde der Mann des Volkes, der Völker gerufen. Als er in der Mitte des weisen Rates stand riefen einhundertelf Stimmen im Chor: Ja, befragt die Schwarze Sphinx, dies ist unser Entscheid.

Ein Raunen ging durch die Menge, die dies hörte. Die anwesenden Männer aber jubelten, schrien, warfen die Arme in die Luft, tanzten, während die anwesenden Frauen den Rat anzischten und die Männer zur Ruhe mahnten. Der König und Häuptling hob beide Arme beschwörend, und rief laut, dass es nicht Sitte sei den Rat- welche Entscheidung er auch treffe - zu rügen. Als dann Stille wieder über der Menge sich legte, sprach der König und Häuptling weiter: Wir alle wissen, dass die Schwarze Sphinx nur weissagen kann, wenn ihr zuvor fünf stattliche Männer zu Willen war. Wir suchen daher fünf Männer, die unserer grossen Sphinx die Kraft geben, damit sie Sehen kann, was uns verborgen bleibt. Morgen, wenn die Sonne über den Hügeln sinkt, haben wir die Aufgabe, diese fünf Männer zu wählen, die dann mit mir zur Schwarzen Sphinx reisen. Morgen sollen sich jene hier am gleichen Ort, zur gesagten Stunde einfinden, die bereit sind für diese Tat des Wissens.

Wieder das Raunen und Zischen, Jubeln, aber verhaltener. Dann lösste sich die Menge langsam auf, verlief sich nun laut gestikulierend in den Abend, den kommenden fiebernd erwartend.

Der Abend der Auswahl war gekommen. Eine grosse Zahl von Männern, die die Zahl fünf um ein Vielfaches überschritt, drängten sich an den genannten Ort.

Ruhig senkte der Tag sein Haupt und bald sank die glutrote Sonne hinter den Hügeln, dort wo das seltsame Reich der Schwarzen Sphinx begann, dort wo sie ihren Palast der Natur geschaffen hatte.

Doch wie die Wahl treffen, und wer sollte sie treffen. Das wer war bekannt, besass eine alte Tradition und wurde wahrlich von Kennern durchgeführt. Es waren jene siebenunddreissig Liebesamazonen, die dem grossen Rat angehörten. Die

Wählenden in durchsichtig weisse Tuniken gewandet nahmen ihre Plätze ein.

Was aber waren die Forderungen, welche die Männer erfüllen mussten?

Zunächst mussten sie einer gewisse Körpergrösse entsprechen. Kleine Männer also waren chancenlos, was vielleicht nicht gerecht war, aber die Schwarze Sphinx verlangte es so. Diese Forderung, war die am leichtesten, zu erfüllende Aufgabe. Bescheiden und unterwürfig, stattlich und voller Kraft, charismatisch und wohlgestaltet, sanft und männlich musste er sein, tugendhaft und sinnlich, phantasievoll und geschmeidig, dies alles zugleich, waren die Forderungen der grossen, weissagenden Frau.

Die Findung dieser fünf auszuwählenden Männer entsprach dem, was die grossen Mathematiker der Völker bis jetzt immer noch versuchten: die Quadratur des Kreises! So war der Unterschied darin zu sehen, dass die grossen Mathematiker der Völker dies bis anhin nicht gefunden hatten, die Wahl der fünf Männer, welche die Liebesamazonen getroffen hatten, jedoch stets zur vollen Zufriedenheit der Schwarzen Sphinx gewesen waren.

Liebe war und ist wohl die Quadratur des Kreises. Hier war also das Leben dem Denken voraus.

Die Nacht floss dahin. Die Männer stellten sich vor, sprachen über ihre Vorzüge und Talente, und weiter rannen die Stunden, und erst ein Mann ward gefunden.

So mussten weitere fünf Nächte folgen, bis alle Männer bestimmt worden waren. Aber seltsam, während dieser Zeit der Wahl, war der Hauch, war das Bewegende nicht zu spüren. Es war wie nie gewesen. Unsicherheit, Wut, ja Angst schlich sich langsam in die Menge. Tat man das Richtige? Forderte man den Zorn des Unbekannten heraus? Viele begannen zu zweifeln ob es das Bewegende überhaupt gegeben hätte, ob nicht alles nur ein Rauch gewesen sei, verursacht durch die Macht der Sonne. Wieder war es jene kluge Frau, die ihrem

Volke Mut gab, und sagte, dass es mit der Angst wie mit der Liebe sei, nur durch den Tunnel der Angst, gelange man ans Licht des Mutes! Und jene die zaghaft zurückkehrten, da sie die Dunkelheit fürchteten, jene würden nie das wahre Licht, das Licht des Mutes und der Liebe entdecken. Und Mut sei es, was jetzt die Menschen brauchten. Mut sei der Sieg über die Angst. Es sei jetzt nicht mehr die Zeit des Zauderns und des Zagens, jetzt sei die Zeit des Mutes.

Diese klugen Worte fanden Widerhall, ein Echo, das nun über dem Volk sang.

Die Auswahl war nun vollzogen. Neidvoll blickten die nicht gewählten Männer auf jene, die den unbeschreiblichen Vorzug, die Auszeichnung des Lebens erworben hatten - der Schwarzen Sphinx zu Willen zu sein. Jene Frauen aber, deren Männer nicht gewählt wurden, jauchzten vor Glück.

Vier Männer hatten bereits eine Frau, ein Mann war ohne das Glück der täglichen Zuneigung.

In einer geheimnisvollen Weihe wurden die Männer nun auf ihre Mission vorbereitet. Gerade diese Weihe gab dem Volk zu reden, denn keiner der Auserwählten durfte darüber sprechen. So konnte das Volk nur ahnen wie dies vollzogen wurden, konnten es nur an dem ablesen, was sich nicht vor den Augen des Volkes verbergen lies.

So wurden kraftvolle Speisen mit seltensten Gewürzen in die Zelte gebracht, wertvollste Öle und teuerste Essenzen den Auserwählten dargeboten, wohl so dachten die Völker, damit die Haut der Männer geschmeidiger wurde, und die siebenunddreissig Liebesamazonen waren ebenfalls in den Zelten der Gewählten. Auch dies lies die Phantasie der Menge überborden.

Die Reise zur Schwarzen Sphinx stand nun bevor.

Zehn Pferde, hell wie der Sand der Wüsten, kraftvoll wie die Zedern und schnell wie die Pfeile der besten Bogenschützen, waren prächtig geschmückt, mit blauem, und gelben Tuche, und in ihre Mähne war ein rotes Band geflochten. Die Sattel aus Nilpferdleder glänzten in der bereits heissen Morgensonne.

Die fünf auserwählten Männer - wir wollen sie von nun an La Penta nennen - waren in einen weissen Umhang gewandet, der König und Häuptling des Volkes trug eine türkisfarbende Tunika, als Symbol des Wassers. Da Wasser das Wichtigste für alle Menschen sei, nannten die Völker den König und Häuptling daher Re Agua. Zu den Reisenden gehörten vier weitere Begleiter in schwarzen Gewändern, sie dienten als Schutz und galten als die mutigsten Kämpfer ihres Volkes, wenn sie auch nicht die stärksten oder geschicktesten waren. Doch für diese Reise waren die Mutigsten entscheidend.

Die Reisenden verliessen nun das bekannte Land und ritten hinaus. Nach vielen Tagesritten, nach dem sie den grossen Fluss überquerten, der heute Sambesi genannt wird, erreichten sie die Hügel der schlafenden Sonne. Dort angekommen, sahen sie hinunter in das Reich der Schwarzen Sphinx, erblickten ihren Palast der Natur, ihre Gärten.

Die Männer sahen es und wurden stumm. Welch ein Anblick, welche Aussicht. Ja, welche Harmonie und Wohltat für das Auge, welches dieses sehen durfte, vermischt mit Düften, die einem fast die Sinne raubten. Hier schien sich auf ein noch nie Gedachtes sich mit unbekannten Formen zu vermischen. Ungedachtes war hier erdacht und in eine Form gegeben worden. Farben, Farbspiele kunstvoll verbunden mit leicht dahin fliessendem Wasser, die dann wie von fremder Hand berührt, sich zu liebkosenden Wasserspielen wandelten.

Welch ein Baumeister rief einer der La Penta! Nicht Baumeister, entgegnete Re Agua, Baumeisterin solltest du sagen. Dies, was du siehst, entsprang der Phantasie der Schwarzen Sphinx, einer Frau.

Das Lager wurde vorbereitet auf den Hügeln der schlafenden Sonne, und das Haupt des Tages wechselte zur Nacht.

DIE SCHWARZE SPHINX

Der Morgen klarte und der Nebel, der um diesen Jahresabschnitt die Hügel in Schlaf versetzte, begann sich nun zu verflüchtigen wobei die gleichzeitig einsetzenden Strahlen einer noch zaghaften Morgensonne die Reisenden aufs angenehmste wärmte. Die Männer der La Penta verloren ihre Müdigkeit und bald schon bestiegen sie ihre hellen Pferde und ritten in gemessenem Schritt die Hügel hinunter, hinein in das seltsame Reich der Schwarzen Sphinx.

Es bedarf keiner besonderen Erwähnung, dass die Späher der Seherin bereits Tage vorher die Reisenden gesichtet hatten, es ihrer Königin meldeten und so war es nicht verwunderlich, dass die Reisenden, sobald sie die Hügel verlassen hatten, von einem Trupp Reiter, höflich, sehr höflich sogar, aber ebenso bestimmt begrüsst und zum Palast der Sphinx begleitet wurden.

Keiner der Männer wechselte ein Wort, denn dieser Ort, den sie nun durchritten war von andächtiger Atmosphäre, verleitete mehr zum Schweigen denn zum Sprechen.

Sie trabten nun in die Gärten, in denen die Natur auf eine höchst artifizielle Art und Weise domestiziert worden war. Die Leuchtkraft der Blumen überstieg das Mass dessen was die Augen der Fremden aufnehmen konnten, es war unwirklich – gerade für jene Männer, die aus der kargen Steppe aus den ruhig-grünen Savannen stammten. Der betörende Duft, der von den Blumen und Pflanzen ausströmte, erfüllte die Luft mit derartiger Dichte, dass die Fremden von an zu an nach Luft rangen, dieser Duft ihnen den Atem nahm.

Sie ritten vorbei an Wasserspielen, an natürlichen und künstlich geschaffenen Kaskaden, und der Klang, den diese

Wasserspiele erzeugten, berührte die Reisenden höchst eigentümlich. Eine innere Wohligkeit, Entspanntheit stieg in ihnen auf, und ihr Kopf, vor wenigen Momenten noch durch betörende Düfte und nie gesehene Farben der Blumen verwirrt, wurde nun zunehmend klar, ja, die Gemüter der La Penta noch vor wenigen Atemzügen in Ernst und Schweigen getaucht, wurden nun zunehmend leichter, fast könnte man von heiter sprechen.

Dieser Klang, den die Spiele des Wassers hervorriefen, blieb den Fremden im Gedächtnis, unvergessen und stets verbunden mit heiterer Erinnerung. - -

Die Männer aus den fernen Savannen erreichten nun den Palast der Schwarzen Sphinx, der ausschlieslich aus Blumen, Blättern und Gräsern geschaffen war. Er wirkte verspielt und strahlte doch gleichzeitig Kraft und Würde aus. Er war die Gestalt gewordene Harmonie, so wie die Wasserspiele, die vollendete Harmonie der Bewegung war.

Und doch verwirrte die Reisenden, während sie dies alles schweigend in sich aufnahmen, die bunten Vögel, die sie zahlreich in den Gärten sahen. Die Laute, die sie ausstiessen waren grell, scharf, ja kreischend, geradezu angsterfüllt. Dieser Kontrast der Schreie der Vögel, inmitten vollkommenster Harmonie, wirkte auf die Männer bedrohlich, passten nicht zu dem, was sie sahen. Und sie zerrissen mit ihrem aufdringlichen Kreischen die Stille des Ortes, das Schweigen der Männer, welches eben noch respektvoll gewirkt hatte, wandelte sich nun in ein Schweigen des wachen Beobachtens, Unheil erwartend.

Den Palast erreichend wurden die Ankömmlinge in ihre Räume geleitet, die auf das herrlichste vorbereitet und alles war für die Erfrischung nach einer beschwerlichen Reise gerichtet: Weine in den Farben der Blumen, der Gärten,

Früchte, welche auch die Augen des Re Agua zum ersten Mal sahen, und frisches, klares Wasser.

Der Tag schickte sich an nun langsam seine Augen zu schliessen, als die Ankömmlinge von den wohl stummen, Dienern und Dienerinnen der Sphinx- denn sie sprachen kein einziges Wort mit den Männern und verständigten sich untereinander nur durch Zeichen und fremdartige Gesten – in den weiten, mit übergrossen Blumen geschmückten Sonnenhof geführt wurden. Fackeln erleuchteten die erwartungsvollen Gesichter der Ankömmlinge. Der Hof der Sonne wandelte sich nun von Atemzug zu Atemzug zum Hof des Mondes.

Während die Männer sich noch langsam an das sich verändernde Licht gewöhnen mussten, stand gleichsam aus der Wandlung des Lichts heraus die Schwarze Sphinx vor den Männern.

Sie war vollständig nackt, nur eine Kette aus hellgrünem Malachit schimmerte auf ihrem Hals und um ihre Stirn hatte sie ein weisses ledernes Band geschwungen, welches mit Ringen aus Bernstein verziert war.

Ihre schwarze, makellose Haut glänzte diamanten, wie irritierend im Mondlicht. Ihr sinnlicher Körper mit ihren berauschend wirkenden Brüsten vibrierte, wache, lebenssprühende Augen richteten sich auf ihre Gäste.

Diese schwarze Frau war von endloser Schönheit, faszinierender als es je die poetischsten und kunstvollsten Worte auszudrücken vermögen. Alle Dichter Arabiens hätten es nicht vermocht, die Schönheit, die Sinnlichkeit, die Reife, die bedingungslose Leidenschaft dieser schwarzen Frau auch nur annähernd beschreiben zu können, und kein Philosoph des grossen Landes am YngTse-Fluss hätte ihr widerstehen können.

Es war als würde die Luft erzittern, vibrierende Sinnlichkeit – noch war sie beherrscht – legte sich über den Hof des Mondes, dessen Licht im Antlitz dieser Frau so anders hellte als in den Savannen, den Steppen, den Regenwäldern.

Den Gästen stockte der Atem als sie so unvermittelt die Schönheit der Schönheit, die Schwarze Sphinx nackt vor ihnen stehend sahen. Es war ein Wesen des Universums, jede Pore ihrer glänzenden Haut atmete unvorstellbare Vollkommenheit, einen den Verstand aussetzende Sinnlichkeit.

Sie hob ihren Kopf, wobei ihr langes, überaus dichtes Haar über ihre femininen Schultern floss, und sich gleich den sanften Wellen des Meeres bewegte. Ja, ihre Haare bewegten sich wie von zarter Hand gestreichelt.

„Willkommen" begrüsste sie die stolzen Gäste und lächelte, die sich ihrerseits nun würdevoll, aber nicht unterwürfig verneigten. Doch wieviel Beherrschung war nötig, um nach Aussen hin die stolze Gelassenheit in ihrer Gegenwart zu wahren. Denn welche eine Stimme, welch ein Lächeln! Obwohl sie nur ein Wort gesprochen, hatte sie doch ihren Gästen einen Ozean an stimmlichen Modulationen offenbart. Es war nicht nur eine Stimme, die sie gehört hatten, es war mehr, es war ein Klang der verwirrte, der die Phantasie anregte, Bilder entstehen liess, ohne, dass die Fremden hätten sagen können warum. Es war ihre Seele, die den Klang ihrer Stimme formte, so wie sie auch ihr Lächeln malte. Ein Lächeln, in dem tausend Verführungen und noch mehr Verlangen lag, das Zärtlichkeit und Wissen vereinte und doch so magisch-anziehend wie unnahbar wirkte. Ein Lächeln des Geheimnisses, als wisse sie das Wissen der Sterne und das Reich hinter den Sternen, als sehe sie die schwarze Seite des Mondes und das innere Auge der Sonne. Ein Lächeln, dem sich keiner entziehen konnte, ein Lächeln das gleichzeitig sprach und schwieg, offenbarte und verhüllte.

Es herrschte Stille, die sich mit Erwartung füllte. Erwartungen, die wohl alle Anwesenden in sich trugen.
Die Schwarze Sphinx hob dieses Schweigen auf in dem sie sich an den König wandte: „Was ist euer Begehren, sagt mir,

warum ihr den weiten Weg zu mir auf euch genommen habt, sprecht frei- so wie es einem König ziemt."

„Wohl, so will ichs halten" sprach Re Agua und warf schwungvoll seinen weissen Umhang zurück, streckte seinen Arm gen Himmel und hob an „Wohlan, einige Monde sind wir geritten im Geiste unseres Volkes und ihrer Völker. Aber unser Geist ist in Sorge. In Sorge über Veränderungen, die uns verwirren und unseren Geist in die Wüsten sendet. Denn er dürstet nach dem Wasser des Wissens, das uns erquickt und erlöst von dem brennenden Geschehen in unseren Augen."

„Sagt was Euch betrübt? Von welchen Geschehnissen, die eure Augen nicht verstehen, sprecht ihr?"

„Seit vielen Monden erleben wir ein unsichtbares Berühren unserer Haut, der Bäume ja, selbst die Wasser erscheinen wilder!"

Re Agua hielt inne, „Dieses Berühren entfacht riesige Feuer und gibt doch ebenso Kühlung, die erquickt! Sag, wie kann, etwas Kühlung und Feuer gleichzeitig vereinen. Bewegung, die wir spüren, sehen, und kaum mögen wir es, schon ist es vorüber!" Wieder hielt er inne, fast als würde er zu sich selbst sprechen, fuhr er fort „Die klügsten Philosophen, Dichter und Künstler und die besten Erfinder konnten diese neue Bewegung nicht zähmen, konnten es nicht bannen! Alle Maschinen, Werkzeuge, die sie erfanden, waren nutzlos. Verfehlten ihren Sinn wie ihre Wirkung. Unser Anliegen nun heisst: kannst Du uns - verehrte Seherin - deuten was dies Neue ist?"

Hier hielt der König inne und sprach dann mit fester, königlicher Stimme

„Nicht mit leeren Bitten sind wir gekommen! Siehe" und hierbei deutete er mit seinem Arm auf die fünf ausgewählten Männer „siehe, diese fünf Männer sollen dir den Weg zu deinem Sehen bereiten. Dies ist unsere Gabe an dich!"

Steigernde Erwartung wölbte sich über die Szenerie. Wie würde die Schwarze Sphinx - die eine vollendete Kennerin des

Mannes war - wie würde sie antworten? Würde sie sich erklären zur Bereitschaft Sehen zu wollen- und auch zu können? Denn letzteres lag auch in den Lenden der männlichen Gastgeschenke.

„Eure grosszügige Gabe" sprach die Schwarze Sphinx „werde ich zu schätzen lernen, um Eure Fragen mit meinen Augen beantworten zu können, damit ihr das Wasser des Wissens trinken könnt."

Ihre Worte schwebten in die warme afrikanische Nacht hinaus und führten in die Stille zurück, die sanft und konzentriert über diesem Ort lag. Mit einer vornehmen, kaum merkbaren Verbeugung des Kopfes, die aber ihre innere Erregung nicht ganz verhüllen konnte, entschwand sie in ihrem Blumen-Palast ebenso unbemerkbar wie sie zuvor plötzlich erschienen war.

Die Nachtsonne hellte den Ort und die Nacht und die Dienerinnen der Schönheit und Anmut geleiteten die fünf auserwählten Männer, in deren Lenden das Schicksal lag, in aus weissem Stoff gefertigte Zelte. Dort wurden ihre Körper mit Essenzen und Düften umgeben, das Haar geordnet und ihnen dann aus edlen Stoffen ein Umhang über die Schultern gelegt, der die Farben der Nacht vereinigt.

Diese Dienerinnen versahen dies alles mit einer derart anschmiegsamen Grazie so, dass den Männern eine kleine Besonderheit nicht auffiel. Die Dienerinnen führten nun den ersten Mann in das Gemach des Sehens und des Glücks, in dem die Schwarzen Sphinx ihn auf dem grossen Leder eines weissen Elefanten, der wie nachlässig auf den Divan drapiert war, erwartete.

Die Dienerinnen nahmen dem Manne den Umhang von den Schultern, so dass er in voller und schöner Nacktheit vor die Schwarze Sphinx trat.

Sie verliessen mit einer Verbeugung die Erde des Glücks, sie konnten nur ahnen wie dieser Mann wohl aussehen könnte, denn sie waren des Sehens nicht mächtig, konnte die erhellende Nachtsonne und die blaue Kuppel der Nacht, die sich nun über die Paarenden wölbte, nicht mit ihren Augen erleben.

Früh schon tauchte die Sonne über den Horizonten auf und legte ihr heisses Gewand über das Land, den weiten, geheimnisvollen Kontinent.-
Während die fünf Männer noch schliefen, erschöpft von einer Nacht, die all ihre bis dahin erlebten Empfindungen um ein unsagbar Vielfaches erweitert hatte und in einem Masse reicher geworden waren an Leidenschaft und Ekstase, die schon - als sie verrauscht war - die Sphäre des Unglücklichsein zu erreichen drohte, als die Auserwählten noch schliefen, lag die Schwarze Sphinx auf ihrem weissen Elefantenleder, schwitzend, die Augen verdrehend, sich heftig schüttelnd, ihren Kopf befühlend, fallend in Trance - und nur zwei überaus üppig gebaute Dienerinnen, deren makellose ebenholzfarbende Haut in den frühen Sonnentropfen glänzte, sassen bei ihr und trockneten der Schwarzen Sphinx die Stirn, den Körper, der heiss glühend unter ihren kühlenden Händen bebte. Die Dienerinnen erkannten, dass ihre verehrte Frau des Lebens, das Augenlicht im Moment verloren hatte, dass sie gerade deswegen intensiv sah, Laute ausstiess von feinster Nuancierung und dann wieder- übergangslos - von berauschend wilder Sinnlichkeit, die Augen aufgerissen, sich fast überdehnend, starr auf ihre Dienerinnen richtend, um nur wenige Atemzüge danach ins kindlich selige Lächeln zu sinken.

Es wurde Mittag, die Sonne stand im Zenit, es wurde heisser im Gemach der verehrten Frau des Lebens, so dass sich die beiden Dienerinnen ihres roten Gewand entledigten, und sie in voller Üppigkeit mit ihren grossen, schweren Brüsten die Schwarze Sphinx besänftigten. Die Sehende fühlte diese lebensstarke, unbesiegbare Weiblichkeit und die Spannung begann sich aus ihrem Körper zu lösen.

Den ganzen restlich hellen Tag verbrachten die Dienerinnen und die Schwarze Sphinx auf dem Lager des Glücks- auf dem Leder des weissen Elefanten.

Der Abend brach plötzlich und schnell ein. Und in wenigen Blicken war es Nacht, diese magische Dunkelheit, in der so viel geschah, von dem der Tag nicht einmal etwas ahnte.

Die Schwarze Sphinx, die Seherin, vom klaren Wasser belebte, und mit stimulierenden Essenzen auf ihrer Haut, die ihre Schönheit ins unfassbare steigerte, trat nun wieder in den Saal des Mondes, dort, wo sie die Gäste zum ersten Mal willkommen hiess.

Sie liess nach Re Agua bitten.

Der König, in einem schlichten, aber doch vornehmen Gewand, kam gemessenen Schrittes, der aber nichts von seiner inneren Erregung verriet. Den ganzen Tag über hatte er die wilden Schreie und Geräusche der Königin gehört, nicht deutend können, hatten sie ihn auf eine unwiderstehliche Weise angezogen, von deren Wildheit er aber wieder zurückschreckte.

Re Agua verbeugte sich vor der, wie bei ihrem Willkommensgruss, nackten Schwarzen Sphinx und für einen Augenblick beneidete er die fünf auserwählten Männer. Seine Augen aber konnten diese Regung nicht verbergen, denn die schwarze Seherin lächelte ihn ebenfalls für einen Augenblick an, und es war, als begegneten sich in diesem Augenblick nicht zwei Erwählte Träger des Schicksals, nicht König und Seherin, sondern zwei Menschen: Mann und Frau.-

"Re Agua, grosser Gesandter, Träger der Schicksale, die Auserwählten Eures Volkes haben mich zur Ekstase des Sehens, zur Leidenschaft des Verstehens geführt. Ihnen, Dir und Deinen Völkern und Volk sage ich Dank für diese Wahl.

Den heutigen Tag verbrachte ich in einem Reich, dass jenseits der Schmerzen liegt, in dem es weder Wahrheit noch Lüge, weder Mut noch Zaudern gibt, sondern nur das Sehen und Verstehen. Was ich in diesem Reich sah, war so hell, so klar, dass noch jetzt meine Augen schmerzen von der Schönheit des Gesehenen, von dem, was ich wohl nur einmal werde sehen dürfen, und ich weiss, dass ich für einige Zeit mein Augenlicht verlieren werde, wenn ich Dir gesagt, was ich gesehen, und Du wieder fort gereist sein wirst.-"

Re Agua, ein weiser Mann, der das Leben und die Welt seines Volkes kannte, konnte aber jetzt kaum sein Erschrecken verbergen. Viel hatte er von dieser Frau schon gehört, aber, dass sie nach dem Sehen ihr Augenlicht für eine bestimmte Zeit verlieren sollte, dies war neu und beunruhigte sein Herz gleichermassen wie seinen Verstand.

Die überirdisch schöne schwarze Seherin fuhr fort "Ich habe Gott geschaut!"
"Du hast Gott geschaut?!" ungläubig, ja erschrocken stiess der König diesen Satz aus und für den Hauch eines Atemzuges verlor er seine königliche Haltung.
Doch die Schwarze Sphinx sprach unbeirrt weiter "Ich schaute Gott und Gott schuf ein Zwillingspaar, den Sohn nennt er WIND, die Tochter trägt den Namen ZEIT. Der, der das Meer neuartig bewegt, das Feuer entfacht und Kühlung spendet, die Blätter der Palmen bewegt, mit dem Wüstensand spielt ist der Sohn Gottes, ist WIND. Das, was wir nicht spüren aber sehen, wir nicht greifen, uns aber führt, dass was uns glücklich macht und Tränen geben wird, wenn wir sie verloren haben, dies ist seine Tochter, dies ist die ZEIT."

"Den Sohn, WIND genannt, den wird mein Volk, werden meine Völker vielleicht verstehen, da sie ihn spüren, sein Spiel sehen. Doch wie soll ich die Tochter ZEIT meinem Volk, den

Völkern erklären, wenn sie sie nicht sehen, noch spüren?" fragte Re Agua bestürzt.

"Vergiss nicht, sie ist die Tochter, eine Frau, und eine Frau ist nicht zu erklären, sie existiert. Sie ist das wertvollste Geschenk, das Gott den Menschen hat geben können. Nichts, aber auch nichts ist mit ihr vergleichbar, sie bleibt so geheimnisvoll wie ihr Name: ZEIT."

Und in einer plötzlichen Regung, die auch seine innere königliche Gesinnung zeigte, fragte Re Agua "Warum wirst Du Dein Augenlicht verlieren, und wirst du diese Welt mit seinen Blumen, seinen Savannen und Bergen, seiner Nacht, je wiedersehen dürfen?"

"Mein edler König, sorge dich nicht, es ist die Gnade Gottes, dass der, der ihn hat Schauen dürfen, für einige Zeit von seinem Augenlicht befreit wird, damit er diese Welt nicht sehen und sehend erleiden muss. Vielleicht auch werde ich nie wieder mein ganzes Augenlicht erlangen. Sorge dich nicht, die Frage, die du mir stelltest zu meinen Augen, zeigt, dass du nicht nur König und Gesandter bist. Lebewohl." Damit verbeugte sie sich leicht vor ihrem Gast und dieser tat ihr gleich, so dass er einen Augenblick die Augen der Seherin traf, und als Re Agua in die Augen der Seherin sah, erkannte er, dass sie wahr gesprochen, dass sie Gott geschaut hatte, welche Tiefe, welche Helligkeit, welche Endlosigkeit zeigt sich darin, so dass er nicht weiter in ihre Augen sehen konnte. Als er wieder aufsah, war die Schwarze Sphinx verschwunden und eine grossgewachsene, grazile Dienerin im gelben Gewand geleitete den König zu seinem Zelt zurück.

Benommen, von dem was die Seherin ihm gesagt und von ihrem Blick, versank er in Gedanken, die köstlichen Früchte auf seinem Tisch nicht wahrnehmend, genauso wie die beiden sanft-wilden Dienerinnen, die ihn umsorgten und das Nachtlager richteten, sich selbst langsam ihrer Gewänder entledigten und auf deren samtschwarzen Haut das Mondlicht spielte.-

Die Männer ritten bereits am frühen Morgen, verliessen diesen Ort, an dem sich Erkenntnis und Leidenschaft paarten, eine verwirrende Einheit schufen und doch an den Nerven der Männer zerrten.

Die Pracht und Üppigkeit der Blumen, seltsamster Pflanzen, schmückender florester Phantasie, schattenspendender Bäume, dies alles sah Re Agua, doch es erreichte sein Inneres nicht, nur als sie an den Brunnen vorbeiritten, in denen wunderliche Wasserspiele sich zeigten hielt der König sein Pferd an und lauschte in sich versunken dem Klang des Wassers, das so rein und unzweifelhaft war. Es beruhigte ihn in seinem Sinnen; wie, ja wie sollte er seinem Volke verständlich zeigen, was die Tochter ZEIT sei? Das Zwillingspaar Gottes, welch ein Wissen: WIND und ZEIT. Den Wind, so dachte der sinnende König als er in die sich verliebt spielenden Wasserfontänen sah, den Wind würde sein Volk, seine Völker vielleicht noch verstehen und sehen an seiner Macht, seinen Folgen, seiner Wildheit aber auch an seinem sanften Streicheln, seiner Willkür, aber die Tochter ZEIT? Was sei dies? Die Menschen werden es nicht verstehen, denn sie können sie weder sehen noch spüren. Sie kennen den Lauf der Sonnen und die Abfolge der Monde, wissen Tag und den Schlaf in der Nacht- was also ist sie, die Tochter Gottes ZEIT? Ist sie so wertvoll, dass sie den Menschen verborgen bleibt, sie nicht fühlen, sehen. Ist sie jetzt bei mir oder nicht, kann ich ihr entrinnen? Der König seufzte, schaute ins klare, geheimnisvolle Spiel des Wassers, nicht hoffnungslos, aber ohne Hoffnung und auch nicht ohne Wehmut löste er seine Augen vom Spiel des Wassers, von diesem Rauschen und ritt in den Tag.

War die Reise zur Schwarzen Sphinx voller Erwartungen gewesen, so war die Reise zurück gedämpfter, nachdenklicher, wohl auch durch den Besitz der Erkenntnis- so fühlte es der König und seine Männer. Waren doch die Erwartungen wie verflogen, war ihnen das Herz und das Denken schwer.

Nun wusste er, Re Agua, das Geheimnis, die Ursache der Bewegung, aber gleichzeitig wusste er weniger als zuvor, fühlte er sich hilfloser als zu Beginn der Reise, was und wie sollte er diese Erkenntnis behandeln? Zum ersten Mal spürte der König, dass Wissen eine Belastung und nicht eine Befreiung sein konnte.

Als er die Verantwortung des Königs von seinem Vater übertragen bekommen hatte, war ihm nicht in den Sinn gekommen, dass er einmal zu seinem Volk und den Völkern sprechen müsse, ohne zu wissen was er sage. Er musste nun reden, ohne etwas zu sagen, sagen zu können, und es war ihm, dass damit eine neue Epoche in der Ausübung des Königtums begonnen hatte.

Die Gefährten erreichten wohlbehalten den Ort ihres Zuhauses, wurden gefeiert und begierig nach ihren Erlebnissen gefragt. Der König liess das Volk am zweiten Abend seiner Ankunft zum Platz der Bäume rufen. Bis dahin wolle er in seinem Zelt alleine bleiben und denken, die Stille in sich aufnehmen. Stille, dies spürte Re Agua, war es, das ihm jetzt helfen würde und empfand plötzlich, dass er das Rauschen des Wassers und sein Spiel vermisste, welches in ihm eine Stimmung hervorgerufen hatte, die neu für ihn war, die er zuvor noch nie empfunden hatte, gleich einer Waage fühlte er sich ausgeglichen doch nicht unbewegt - ein Widerspruch im Geiste, in seinem Verstande, nicht aber in seinem Fühlen. Dieser Widerspruch wurde für ihn zum Wunsche. Doch wie hiess dieser Wunsch, wie ihn benennen, ein Wunsch also den ich nicht kenne, so sprach er mit sich selbst, lächelte, war er ein Junge, verträumt und unerfahren, wegen des besonderen Rauschens von Wasser - ja träumen, dass musste er wohl, um das Wissen zu verstehen. Denn jedes Wissen ist im Anfang ohne Erfahrung, so bin ich also unerfahren, gleich einem Kinde, aber mit den Zweifeln des Alters. Eine Unmöglichkeit des Königs, so sprach er in die Stille ohne das diese berührt wurde. Es waren Gedanken ohne Wehmut und doch, jetzt, ja jetzt hätte er gern das besondere Spiel des Wassers gehört.

ANGST

Der König berichtet seinem Volk und Völkern, was er und die Seinen bei der Schwarzen Sphinx erlebt hatte, und das was sie gesehen hatte.

Zunächst herrschte Stille, dann ein Murren, ein Fragen, was das sei, der WIND? Wie die ZEIT denn aussehe, woran das Volk und der Einzelne sie erkennen könnte. Und ob diese Tochter ZEIT ein guter Geist oder aber ein Dämon sei? Ob sie hilfreich für die Menschen oder ob sie Opfer, gar Menschenopfer verlangen würde? Und wie diese Kinder Gottes zu besänftigen seien? Ob Gott noch weitere Kinder hätte, und ob dieses Zwillingspaar sich verstehen würde, oder ob der Unwillen dieser Kinder zueinander die Menschen büssen müssten? Das Volk war in seiner Ruhe gestört, verwirrt, aus dem Gleichgewicht gestossen worden. Fragen über Fragen auf die keiner der Reisenden Antworten hatten. Zuerst waren es die Frauen, die die Entscheidung verfluchten, dass man nach der Schwarzen Sphinx hatte reisen lassen. Denn die vier Männer, die verheiratet waren, kamen verändert von dieser Reise wieder. Unwillig, als sei ihr Geist viele Tagesritte entfernt, als wären sie noch immer bei dieser Seherin, dieser betörenden Schönheit, als hätten sie die Blätter vom Baum des schönen Gefühls gekostet. Doch auch immer mehr Männer schlossen sich dieser Unzufriedenheit an. Der König wurde nun beschimpft, was hast du getan, du hast uns keine Antworten gebracht sondern nur Fragen, statt unsere Ruhe wiederzufinden brachtest du uns Angst, der Schlaf ist geraubt, wir spüren diesen Sohn, den er WIND heisst, aber wie sollen wir ihm huldigen, welche Ehren sollen wir ihm erweisen, der der zerstört, kühlt, an scheinbar allen Ort im selben Atemzug ist, hier den Regen bringt und dort das Feuer entfacht, Bäume entwurzelt, unsere Hütten in weniger als unsere Augen es vermögen zu sehen zerstreut, wir können ihm nicht habhaft werden, sag weiser König, wozu diente deine Reise?-

So und noch finsterer wurde geredet, Bedrohliches lag in ihren Stimmen und in ihren Augen blitzte erst die Furcht und dann die Böen der Angst. Re Agua aber war ohne Angst, richtete seine majestätische Gestalt auf und sagte im Halblaut wohl mehr zu sich als zu seinem Volke "Gott kann man nicht habhaft werden". Doch einige bedächtige Weisen hatten es vernommen und geboten dem Volke, im Kreise der Bäume, die Zunge ruhen zu lassen.

"Was, mein König meinst du damit?", fragten sie ihn.

"Ich meine, dass Gott wohl unsere Opfer nicht will, unsere glühenden Gebete, um ihn zu besänftigen, er hat den Menschen seine Kinder geschickt, die wir nicht kennen, und wie viele von euch haben Fragen gestellt, wollen verhandeln, welche Opfer sie mögen, wie sie zu besänftigen seien, was ihre Lieblingsspeisen sind und wo sie sich befinden. So sprechen Männer am Nachtfeuer, wenn die Handelskarawanen ruhen, so sprechen feige Weiber die Sorge haben, ihre Männer könnten in den Armen einer anderen Erfüllung finden. Ihr fragt, ob WIND und ZEIT ein Guter Geist oder ein Dämon sei. Freunde, ich weiss es nicht und ich prophezeie euch allen und euren noch ungeborenen Kindern, dass niemand dies je Wissen wird. Unser Geist ist zu klein für Gott und seine Kinder. In unseren Völkern haben wir viele weise Männer und lebenskluge Frauen, sollen auch sie sich fragen, was WIND und ZEIT bedeuten, seit wir wissen, dass es sie gibt. Sie werden nie mehr aus unserem Denken, aus unseren Augen fort sein. Ob es ein Fluch ist, wie auch gefragt wurde, ich weiss es nicht. Aber vielleicht ist dies Zwillingspaar Gottes sein Sendbote, der uns sagt, dass Gott stets bei uns ist, gleich ob wir ihn verehren, für ihn töten, ihn verachten, leugnen oder gar hassen. Er und sein Sohn wie seine Tochter werden bei uns sein bis zum Tage, wo nichts mehr so sein wird wie es war."

Der König hatte lange und fast leise gesprochen, aber von aufrechter Art, so wie ein Mensch, der weiss, dass er etwas Bedeutsames sagte, es aber nicht versteht. Er fühlte sich leicht, war es die Stille des Abends, oder das angenehme Kühle was seine Haare streichelte, es war als hätte WIND ihn umarmt, kurz, scheu, von unerklärlicher, anwesender Abwesenheit und plötzlich, wie er diesen Atemzug der Natur spürte, empfand er, dass bei diesem kurzen Hauch der Berührung wohl auch seine Schwester ZEIT anwesend gewesen sei. Er wusste nicht warum er auf diese seltsam, nicht zu erklärende Empfindung kam, aber das, was er gefühlt, gespürt hatte, war da gewesen, und doch schon wieder vorbei und wieder erinnerte er sich an das Spiel des Wassers in den Gärten der Schwarzen Sphinx die jetzt ohne, dass er es wollte, vor seinem geistigen Auge sich im Mondlicht spiegelte. War die Tochter ZEIT die Mutter der Erinnerungen? War sie spürbar, nur in dem was vorbei war?

Re Agua warf seine weisse Tunika über seine mächtigen Schultern, verbeugte sich vor den weisen Männern und lebensklugen Frauen seines Volkes und wandte sich zum Gehen. Er hatte gesagt, was er hatte sagen können, doch das Volk und die Völker verlangten mehr von seinen Worten, Spott und Verleumdungen wurden ihm nachgeworfen, er sei vom Dämon der Schwarzen Sphinx besessen, ihr verfallen, sie hätte ihm seinen Geist ausgesaugt, er hätte seine Männlichkeit geopfert für eine Nacht und so sein Volk verraten, er sei ein Verräter, zum Verräter geworden durch eine Frau, eine Seherin, warum solle sie denn recht haben, vielleicht hätte sie wohl gelogen, Wind und Zeit, Gott und Kinder, er lüge, sei irr geworden. Ein König, der vor einer Seherin dienert, verachtenswert, Tötens wert, eine Schande, die nur mit Vernichtung getilgt werden konnte, sein Blut müsse die Erde tränken.
Angst, so dachte der erkennende König, mache rasend, sei die Geissel, mit der ein jeder Mensch geschlagen würde. Und es

wird die Angst sein, um sich von ihr zu befreien, werden sie mich töten. Nicht heute, aber zu einem Mondstand, an dem ich es nicht erwarte.

Im Volk und den Völkern entstand nun Aufruhr, der sich dann wieder legte, aber doch weiter schwelte. Die Philosophen des Landes, hochgeschätzt, sprachen mit ihren Schülern und Jüngern, aber auch sie fanden nichts, was das Zwillingspaar WIND und ZEIT erklären oder deuten könnte.
Dichter verfassten lange Pergamente, kluge Gedanken, poetische Formulierungen. Sie lasen diese dem Volke vor, doch das Gehör was sie fanden war gering.
Die Erfinder überlegten, wie sie den WIND einfangen und die ZEIT sichtbar machen könnten. Doch alles was sie erfanden war letztlich nicht weiter als ein gescheiterter Versuch und so breitete sich das Gefühl aus, nichts zu wissen, ohne Rat, ohne Wissen sein zu müssen, ja hilflos in sich selbst gefangen zu sein. Der Schwelbrand der Angst wuchs und wuchs, infizierte selbst jene Menschen, die sich immer durch Bedacht ausgezeichnet hatten, wurden anfällig für die brennenden Worte, die jene laut schrieen, die meinten, das Volk und die Völker zu retten, es befreien zu wollen, von dem Tyrann des Königs, die sie befreien wollten von der Unwissenheit, ja vielleicht hätte der Re ja nur gelogen, um seine wahren Absichten zu verhüllen, um vielleicht so dem Volke noch mehr Abgaben abzupressen.
Und jene Männer, die der Schwarzen Sphinx zu Willen waren, hätten nur an sich gedacht, hätten ihre Lust nicht in den Dienst des Volkes gestellt, sie seien verdorben. Ging doch auch das Gerücht herum, dieser unspürbare und doch so tödliche Nebel, den, das Gerücht ausscheidet, dass keiner der fünf auserwählten Männer mehr ihre Frau oder etwa eine andere Frau ihres Volkes berührt hätten, welches die Frauen in Aufruhr versetzte und den Tod dieser Männer forderten, so wie die Schreier das Blut des Königs verlangten.

Wut überzog das Land, die Felder lagen brach die Brunnen versiegten, Lethargie wuchs und wuchs und dies alles drang an das Ohr des weisen Re. Er wusste, dass seine Zeit des Todes nun gekommen war und er erinnerte sich des Satzes, dem ihm ein grosser Denker seines Volkes zu Beginn seiner Regentschaft gesagt hatte: dass der, der durch das Volk zur Macht gelangt, die Macht durch das Volk wieder verliert, wen das Volk erwählt, den tötet es auch.

Gelassen sass der Re nun auf seinem Teppich und sprach zu seinem Sohn, dass er geschwind zur Schwarzen Sphinx reisen solle und im Namen seiner alten Seele um Erkenntnis bitten möge, denn er kenne sein Volk und seine Völker nicht mehr.-
Der Sohn umarmte seinen Vater und wusste, dass dies die letzte Umarmung sein würde, dass, wenn er wiederkäme, - wenn- er seinen geliebten Vater tot wisse.
Noch zur selben nächtlichen Stunde ritt er unbegleitet von Dienern eilend in die Himmelsrichtung, in der das Reich der Schwarzen Sphinx lag.

Das Volk mit lodernden Augen, die Angst herausschreiend, mit Waffen verstärkt, drang es in das Zelt des Re ein, mordeten die loyalen Wachen, die ihren König schützen wollten, brandschatzten die Zelte der Weisen, der Gäste des Volkes und standen schliesslich vor ihrem König, der sie ungezählte Tage sorgsam regiert und beschützt hatte. Standen vor ihm, der furchtlos auf die blitzenden und bluttropfenden Klingen ihrer Messer und Säbel schaute.
Verwirrt von der Grösse, der Furchtlosigkeit und Unerschrockenheit ihres Königs hielten sie inne, kurz nur, zu blutdürstend war ihr Blut, dann schrieen sie erneut und Re Agua warf sich selbst mit Wucht in die auf ihn gerichteten Klingen. Er sank zu Boden ohne einen Laut, starb und hinterliess den Schergen den Blick unzerstörbarer Überlegenheit des noblen Charakters, einen Blick, der sie ein

Leben lang verfolgen sollte. Nach einem Moment der Verwirrung wurde das Zelt geplündert, wütend, keine Schätze wie Gold, Gewürze, Edelsteine gefunden zu haben, sondern nur beschriebene Pergamentrollen, setzte man es mit diesen in Brand. Doch das Feuer loderte nicht, diese unbegreifliche Bewegung, die da WIND hiess, kam nicht, es wurde kein Freuden-, kein Triumphfeuer, es war dem Echo gleich, das leiser werdend verschwand, gleich einer Welle im Meer. Aus Wut darüber, dass das Zelt des Re`s so schlecht brannte und feuerte, traten die Schergen es wieder aus und verliessen den blutgetränkten Ort.

Der König war tot, die Weisen und Klugen enthauptet, die Erfinder vertrieben, die Loyalen röchelten ihren letzten Atem aus.
Doch was nun?
Orientierungslos wankte das Volk von Plünderung zu Morden, von Brandschatzung zu Vergewaltigung. Dunkelheit legte sich über das einst so helle Volk. Nach und nach griff Öde um sich, Verlassenheit und Trauer wuchsen, nach dem heissen Blut tränkten nun heisse Tränen die gleiche Erde, die kälter und eisiger, rissiger und abweisend wurde, so, als wolle sie nicht mehr, dass dieses Volk und diese Völker auf ihr lebe, so, als wolle sie sie nicht mehr nähren, selbst die Brunnen wurden nun seltener.
Doch der WIND war immer noch zu spüren die Tochter ZEIT immer noch nicht zu sehen, so vergingen die Tage, die Monde, der Lauf der Sonne und die Kunde von diesem Lande und diesen Völkern wurde auch an einen der entlegensten Orte getragen, gebracht von Karawanen. Ein Märchenerzähler hörte davon.

DAS MÄRCHEN DER ERFINDUNG

Dieser Märchenerzähler, der von dieser seltsamen Kunde hörte, sass in dem Bazar einer kleinen Karawanserei und erzählte dort seine Geschichten den Kindern und Frauen und den alten Männern. Es waren Geschichten seiner Phantasie. Nie hatte er andere Oasen oder Flüsse bereist, war nicht auf Berge und Schluchten gestiegen und den Ozean kannte er nur aus den Erzählungen an den nächtlichen Feuern, wo seltsame Männer die von sehr fern geritten kamen, vom Türkis des Wassers und den dort freizügig wie leidenschaftlich schamlos tanzenden Frauen fabulierten. Alles dort, aber auch alles! sei anders dort.

Der Märchenerzähler war alterslos so wie seine Geschichten. Er lebte von den wenigen Münzen, die die Zuhörer ihm in seinen kleinen aus Ziegenleder gefertigten Beutel warfen.
Er hörte vom WIND als Sohn eines Gottes, von seiner Tochter ZEIT und er war gefangen von der Vorstellung, dieser Bewegung, einer Bewegung, die niemand sah, nur ihre Folgen waren - allerdings nur beim WIND - zu sehen, er selbst blieb unsichtbar. Aber die Tochter ZEIT, sie war die Vollendung der unsichtbaren Bewegung und so dachte er sich Geschichten aus, Geschichten über unsichtbare Bewegungen. Die Kinder hingen mit offenen Mündern an seinen Erzählungen, die Frauen, von Sorgen abgelenkt, gerieten ins Sinnen, lediglich die alten Männer waren skeptisch, denn ihre Lebenserfahrung widersprach den Geschichten, die sie vom Märchenerzähler hörten und so riefen sie ihm zu, eine Bewegung, die unsichtbar ist, und deren Folgen du nicht siehst, sei keine Bewegung.

Der Märchenerzähler war ein kluger Mann, die Einwände und spöttischen Bemerkungen seiner Zuhörer verletzten ihn nicht etwa, sondern regten ihn zu weiteren Phantasien an.

Nun, so dachte der Märchenerzähler, wenn ich eine Bewegung nicht sehen, nicht spüren kann so muss ich sie einteilen, so wie ich meine Geschichten einteile und aufbaue, und auch leider meine wenigen Münzen einteilen muss, reicht es für Lamm oder doch nur für Datteln. Er schaute auf seine wenigen Münzen und seufzte- heute wieder nur für Datteln. Und während er auf seine Münzen schaute, war ihm als erlebe er die Geburt einer Idee. Die Münze, sie war rund, rund wie die Sonne, der Mond, war das Zufall?

Die Münze war bearbeitet, hatte wie der Mond Flecken und Schatten. Was, wenn diese Münze die Zeit ist, oder der Mond, oder die Sonne? Der Märchenerzähler kam ins Stocken. Wie denke ich nur, ich stelle mir etwas Gegenständliches vor, was es noch gar nicht gibt. Er seufzte wieder, Geschichten zu erfinden ist einfacher, dachte er. Ja, ich erzähle die Geschichte einer Münze, die den Mond beobachtet und jedes Mal, wenn der Lauf des Mondes beendet und neu beginnt, dann ritzt sich die Münze eine Kerbe ein, solange bis das rund der Münze voll Kerben ist. Doch was habe ich dann??

Von Geschichte zu Geschichte, die der Märchenerzähler seinen Zuhörer nun vortrug, wurden seine Gedanken klarer, seine Erfindung deutlicher.

Als der Tag anbrach, die Sonne noch nicht heiss am Himmel stand, ging er zum Meister des Hammers und sagt ihm: schlage mir ein Rund, am Aussenrand so viele Kerben als eine Karawane Tage braucht von unserer Oase zu nächsten, die in der Himmelsrichtung liegt, in der die Sonne uns Tag für Tag verlässt. Neben den Kerben setze die Zahlen, die Kaufleute benutzen.

"Was soll das werden?" fragte der Meister "es ist ein gar wundersamer Auftrag".

"Ich weiss es selbst nicht genau ", gab der Märchenerzähler zur Antwort.

Da lachte der Meister aus vollem Halse "Wärst du nicht unser Märchenerzähler, ich würde dich für ein wild gewordenes Kamelkalb halten. Nun gut, ich fertige dir an was du sagst, aber nicht weiss was es wird. Komme in vier Tagen wieder zu mir" und wieder lachte er aus vollem Halse, wohl nicht ahnend was er da fertigte.

Zum angegebenen vierten Tage am Morgen desselben erschien der Märchenerzähler voller Erwartung beim Meister und fragte ihn voller Erwartung:

„Nun, konntest du es fertigen oder war es unmöglich für dich?"

„Ist für einen Meister etwas zu schwer?", antwortete dieser fast beleidigt.

„So war es nicht gemeint, wie ich es gesagt habe, nur …"

„Nichts nur" unterbrach ihn der geschickte Orientale „schau hier ist es was du bestellt hast. Hier das Rund mit den Zahlen, den Kerben. Du siehst, ich habe die Grösse des Fladenbrotes für dein Rund gewählt, damit du es auch noch aus einiger Ferne sehen kannst, auch dann, wenn die Sonne darauf funkelt, darum habe ich ein dunkles Metall gewählt, damit es dich nicht blendet. Es ist ein edles Metall, welches ich verwendet habe. Dies Rund sollte dich also viele Monde erfreuen."

„Fürwahr, Meister, du hast ein vortreffliches und edles Rund geschaffen. Dein Ruf als Meister ist so wahr und so leuchtend wie die Sonne und reicht weiter als die Wüsten, die wir durchziehen. Habt Dank, und hier die meinen, kümmerlichen Münzen, die ich für dich bewahrt habe, mehr gibt meine Arbeit nicht her. Doch will ich dieses Rund nach deinem Namen nennen."

„Oh nein, mein Bruder unter der Sonne, meinen Namen soll es nicht tragen, wer weiss, welch Unheil dieses Rund noch bringt und dann ist es auf ewig mit meinem Namen bekannt, auf ewig trägt der Makel meinen Ruf. Oh nein, ich danke dir für die Münzen. Nenne das Rund wie du magst, den Namen meiner Väter und Vorväter besudle nicht mit deinen Geschichten über das Rund, das du nun in deinen Händen trägst. Wohl an, Gott mit dir", mit diesen Worten verbeugte sich der Meister würdevoll vor dem Märchenerzähler und kehrte an die Stätte seiner ehrlichen Arbeit zurück.

Auch der Märchenerzähler verbeugte sich, nicht so würdevoll wie der Meister und kehrte dann zurück in den Bazar. Er setzte sich an seinen dort gewohnten Platz, legte das metallene Rund neben sich, und begann mit einem neuen Märchen, welches er sich in den Nächten, als er auf das Rund warten musste ausgedacht hatte.

Die Menschen im Bazar, die an ihm vorübergingen blieben stehen und fragten ihn " Sage, was für ein Rund hast du dort? Was soll es bedeuten? Es ist wohl neu, denn in den Tagen davor hast du es nicht gehabt?"

„Es ist ein Symbol von dem Märchen der ZEIT und wie ich sie fange. Ich kann sie sehen, obwohl sie sich unsichtbar gibt."

„Wärst du nicht unser Märchenerzähler, wir müssten denken du spielst Gott. Sehen und fangen was niemand sieht. Nur ein Märchen, was wohl sonst könnte man von ihm erwarten." So sprach die Menge. Einige lachten, andere, die weniger Heiteren des Lebens, schimpften ob diesen Sinn ohne Sinn. Die Kinder aber, die sich um ihn gedrängt hatten verlangten nach Ruhe, sie wollten sein Märchen hören und riefen, er solle sprechen von dem Unsichtbaren, das er sehe, von den Luftspiegelungen seiner Phantasie.

Und so begann der Märchenerzähler: er sprach von der Tochter Gottes die ZEIT genannt wurde. Niemand in dieser Oase, in den Wüsten und an den daran angrenzenden grossen Wassern würde sie kennen, habe sie je gesehen und doch sei sie hier, über, zwischen und in den Menschen, im Bazar, bei den Karawanen, den Alten, den Kindern, ja sogar bei den Toten!

Ein Raunen durchzog die lauschende Menge: Lästert er nicht den Höchsten?

Doch der Märchenerzähler, gewohnt verhöhnt und nicht verstanden zu werden, fuhr ohne seine Stimme zu heben fort: wenn das Unsichtbare sich dem menschlichen Auge entziehe, dann müsse der Geist des Menschen den Augen helfen, ihnen einen Weg geben, denn der Geist des Menschen sei auch nicht sichtbar und doch sei er allen bekannt, würden alle von und mit ihm beseelt sein, wir würden die Worte hören und auch nicht sehen, doch wir hätten unseren Worten die Schrift gegeben und dadurch seien die unsichtbaren Worte nun zu sehen, eingeritzt auf Lehmtafeln, getrocknet in der Tagessonne, würden sie den Karawanen mitgegeben für Kontrakte, und um das weise Wort der Gerechtigkeit unseres verehrten Scheichs in alle Richtungen seines grossen Reiches zutragen.

Hier unterbrach der Märchenerzähler seine Worte, nahm einen Schluck Wasser aus dem Ziegenlederschlauch und benetzte danach seine Lippen mit dem kostbaren Nass.

Selbst die zuvor schimpfenden Zuhörer um ihn herum waren nun verstummt und ihre Augen suchten die nun neuen Worte des Bazarerzählers. Er fuhr fort: So, wie wir unseren Worten die Schrift gaben, so müssen wir der Tochter des Erden- und Himmelsherrschers eine Hilfe geben, uns ihre Gedanken mitzuteilen. Seht die Sonne, sie kreist Tag für Tag, und wenn sie sich zur Ruhe begibt und die gütige Wache über uns Menschen ihrem Bruder dem Mond übergibt, so wissen wir, dass die Nacht kommen wird. Ich habe dieses Rund hier vom Meister des Hammers des Bazars schaffen lassen, ein Rund wie die Sonne, der Mond wie die Münzen der Kaufleute, die bis zur Zahl zwölf zählen. Wenn nun die Sonne auf dieses Rund scheint, wirft die Kerbe einen kleinen Schatten, und wie ihr jetzt seht, ist es die Zahl Drei. So ist es jetzt an diesem Tag

Drei, und bald werden wir sehen, wann die Schatten länger werden und wir werden wissen, ohne gen Himmel schauen zu müssen, dass bald der Mond über uns wachen wird.

„Dies weiss auch ein Kamel", höhnte ein Beduine, dessen Gesicht bis auf die Augen mit einem schwarzen Tuch verhüllt war.

„Aber das Kamel weiss nicht, dass es damit einen Teil der ZEIT gesehen hat", entgegnete der Märchenerzähler.

„Wahrlich, du lästerst Gott. Nur Gott sieht seine Tochter ZEIT- nur ER darf über sie bestimmen. Wahrlich, wer seine Tochter ZEIT je sieht wird sich an ihr verbrennen. Der Anblick dieser Gottestochter und ihrer Habhaft zu werden, wird uns zu Sklaven der Gottestochter machen. Wirf das Rund fort, vergrabe es, schmelze es ein, versenke es in die Tiefen unserer Wüsten oder Gottes Fluch und Zorn wird auf dieses Rund und auf uns niederbrausend deinen und unseren Geist verbrennen, wir werden durch die Wüsten hasten, auf den grossen Wassern fahren, suchen und suchen und doch nie finden, wie vergiftetes Wasser wirst du die Tochter ZEIT trinken, denkend, hoffend mit jedem neuen Becher vergiftenden Wassers die Kehle zu kühlen, die Zunge zu lösen, und doch nur brennt es mehr und mehr, wirst ermattet, erschöpft, durstend in den heissen Sand fallen, verenden und sie doch nicht, nie erfasst zu haben. Das Rund in den Händen haltend werden wir sterben. Nichts wird uns bleiben. Glaubst du, Märchenerzähler, Gott oder seine Tochter lassen sich auf ein Rund mit Kerben und Zahlen bannen? – Oh, du blinder, tauber Mensch, an deinen Worten, die der Masslosigkeit huldigen, mögest du ersticken." Der Beduine hatte dies laut und scharf gesprochen, jedes Wort glich einem zischenden Peitschenhieb, der die heisse Luft erzittern lies. Mit einem Ruck wandte er sich von dem Märchenerzähler ab und ging stolz und schweigend durch den Korridor, den ihm die verängstigte Menge freigab. So schritt er voran, unwirklich, fast wie ein Bote einer grossen, stolzen unbekannten Macht.

Bedrückendes Schweigen lag über der Szenerie, die verängstigte Menge schwieg. Das Gehörte legte sich wie ein unsichtbar-drohender Schleier über die Menge, der ihnen den Atem zu nehmen schien. Wie in Todesangst, und als würde nur ein einziger Gedanke diese Masse beherrschen, schrie sie plötzlich und ohne vorherige Anzeichen, in Panik geratend "Tötet ihn!" Steine und Früchte, Holzkeile und Wasserschläuche prasselten unverwandt auf den Märchenerzähler nieder, der zunächst völlig verwundert, ja geradezu staunend in die grell-wütende Menge schaute, nicht verstand, sich langsam erhob, begriff, sein Rund in die Hand nahm und dann davon rannte durch die Gassen des Bazars, hörend, wie eine tobende Masse Mensch hinter ihm keuchte, schreiend, dass er sich eine andere Oase suchen solle wo er Gott lästern könne. Schweissüberströmt, zitternd erreichte er sein karges Zelt, welches weit ausserhalb der Karawanserei aufgeschlagen war. Noch immer vereinnahmte ihn eine Mischung aus Angst und blankem Unverständnis als er sich auf seinem Teppich sinken liess. Er verstand die Menge und ihre Wut, ihre Angst nicht. Er, ein namenloser Märchenerzähler in irgendeinem Bazar in einer Oase weiter Wüsten, wollte Gott lästern? Welch ein lachhafter Gedanke, ein Märchen wollte er erzählen, eine Phantasie darstellen, wie der Mensch etwas Sehen könne durch die Kraft des Geistes, der Phantasie, des Denkens. Was nur war an seinem Märchen so angsteinflössend, dass sogar friedliche Händler, Meister des Handwerkes und Frauen seinen Tod heraus schrieen?--

Müde der Anstrengungen des Tages, der Fragen, auf die er keine Antworten fand, schlummerte er ein, träumend von grossen, sanften Frauen, die seinem Rund und seinen Erzählungen lauschten. Und es war ihm als würde er im erquickenden Nass schweben, als er eine starke Hand an seiner Schulter spürte, die ihn rüttelte. Doch anstatt in das Gesicht einer geheimnisvollen Schönen zu blicken, die ihn mit ihren liebreizenden Augen verführen wollte, sah er in das raue, bärtige Gesicht eines Händlers, der ihn höhnisch musterte.

"Wach auf, du Träumer", er machte eine Pause um sich zu vergewissern, ob der Märchenerzähler nun auch wirklich ihn hörte und er seinen Schlaf vertrieben hatte.

"Du Erfinder, der du aber nicht bist- ich habe heute gesehen, was dir im Bazar widerfahren ist. Du musst fliehen, die Menge will dich töten. Nur mit Mühe war sie zur Umkehr bereit. Doch sie wird wiederkommen und dann wirst du keinen Schutz mehr haben, Angst lässt die Augen schwärzen, und je mehr mit geschwärzten Augen deinen Tod rufen, um so lauter und dunkler werden nicht nur ihre Augen, sondern auch ihre Herzen. Also fliehe!"

"Was soll ich tun? Alleine durch die Wüsten irren?"

"Nein, du Dummkopf! Ich bin gekommen, um dich zu retten. Wenn du mir dein Rund gibst für ewig, so kannst du noch heute Nacht mit meiner Karawane fortziehen und in einer anderen Oase, die zehn Monde von dieser hier entfernt ist, im Bazar deine Geschichten erzählen. Nun, was ist dein Wort? Doch eile, du hast nur den Schutz der Nacht und meiner Karawane!". Der Händler schaute den Märchenerzähler noch immer höhnisch, ja fast verachtend an. Er hatte ihn richtig eingeschätzt, Menschen mit Phantasie sind ängstliche Menschen und leicht zu blenden. Auf seinen Reisen hatte er beobachtet, dass Menschen mit Phantasie nicht Angst um ihr Leben, sondern um ihre Phantasie, um ihre Vorstellungen haben diese zu verlieren.

"Fürwahr Effendi, hier nimm das Rund, es ist somit deines und habt Dank für eure Hilfe. Lasst uns fortreisen, gleich jetzt», dabei streckte er dem Händler das Rund entgegen der es lächelnd und fast gierig unter seinem Burnus versteckte.

Sie brachen auf, nichts als die Kleidung, die der Märchenerzähler auf dem Leibe trug, nahm er mit, und seine Geschichten, die ihm seine Vorstellungskraft schuf. Kaum geschehen, trottete die Karawane fast gleichgültig los, schritt in die nächtliche Wüste, wurde aufgesogen vom Schwarz der Neumondnacht.

DER TURM IN DER OASE

Die Karawane zog lange Monde durch die Wüsten, verweilte jeweils nur kurz an kargen Wasserstellen und vereinzelten kleinen und nur kaum bewohnten Oasen, bis sie zu einer grossen Oase kamen, die sich selbst als den <Augapfel Gottes> bezeichnete.

Die Händler in dieser Oase galten als besonders geschäftstüchtig, berüchtigt für ihre Art Handel zu treiben, stets auf ihren vollkommenen Vorteil bedacht. Doch trotz ihrer grossen Handels- und Geschäftsbegabung war es ein freundesloses Volk. Es gab keine Freundschaften unter den Händlern, sowohl im als auch ausserhalb des Bazars. Vereinzelt liefen sie wortlos nachts in ihr Zelt, dann, wenn der Bazar geschlossen war und sie müde vom Feilschen waren. Und selbst in ihren prunkvollen Zelten erwartete sie niemand, der aus ihren goldenen Krügen und edlen Gläsern ass und trank, und keine Frau räkelte sich auf ihren wertvollen Teppichen, die mit Gold verzierten Kissen blieben stumm und erzählten nicht von den Wonnen einer Liebesnacht.

In diese Oase nun war der Märchenerzähler geraten. Er staunte über den Reichtum, die Sauberkeit des Bazars, der geradezu militärischen Ordnung und der allgegenwärtigen Kontrolle, doch er hörte nirgends das Toben von Kindern, vermisste das aus ihrer Seele kommende Lachen der Frauen- wem nur sollte er hier seine Märchen erzählen?

Wo nur, ja, wo nur war er hingeraten? Niemand hörte und niemand wollte seine Märchen, seine Phantasien hören. Die alten Männer des Handels gingen schmerzerfüllt und rasch an ihm vorüber und nicht selten schlugen sie ihn mit ihrem Stock aus Elfenbein und beschimpften ihn als Faulenzer, Nichtsnutz, der noch weniger Wert sei als die untersten Sklaven. Und die Ordnungshüter des Bazars hetzten ihre Hunde auf ihn.

Jener Kaufmann aber, dem der Märchenerzähler das Rund für seine Rettung gegeben hatte, war nicht ohne Grund zu dieser Oase gereist. Er kannte die Gier der hiesigen Kaufleute, Besitzer von Wasserstellen, Händler. Sie waren schon älter, meist familienlos und ihr Lebensinhalt war das Gold, die klingende Münze, der Gewinn, den sie am Abend zählten, das Elfenbein und die Sklaven.

Der Kaufmann suchte einen Schmied auf und gab ihm den Auftrag, fünfzig von diesem Rund, welches er im zeigte, anzufertigen. Je eher er diesen Auftrag erfüllen könne, umso höher sei sein Lohn.

Als der Mond seine volle Grösse, sein ganzes Rund erreicht hatte, lieferte der Schmied dem Kaufmann die gewünschte Anzahl der metallischen Runde ab.

Nun begann der Kaufmann dieses Rund anzupreisen, in dem er den Käufern, den Händlern und Sklavenbesitzern Gewinn versprach, grossen, sehr grossen Gewinn.

Denn nun könnten sie genau planen, dieses Rund beweise wie wenig die Sklaven arbeiten würden, sie sässen doch am Tag mehr im Schatten der Palmen, als dass sie arbeiten würden, und des Nachts würden sie schlafen. Wenn diese Sklaven aber ein bis zwei Kerben vom Sonnenaufgang bis zum Schwarz der Nacht nicht arbeiten würden um sich auszuruhen so sei das genug, und die Sklaven könnten wirklich nun mehr arbeiten, was den Gewinn erhöhen würde. Dieses Rund beweise es, er hätte es erfunden und geschaffen.

Diese Kunde verbreitete sich schnell und bald schon quoll der Bazar über von Käufern. Gierig zahlten sie jeden Preis und der Schmied brauchte nun mehr Sklaven, um den Lieferungen an den Kaufmann nachkommen zu können, welches wiederum die Sklavenhändler erfreute, denn der Bedarf an Sklaven stieg sprunghaft an.

Nun trieben die Sklavenbesitzer ihre Sklaven, zu noch härterer Arbeit an. Erschöpfung, welche die Aufseher vor der Einführung des Runds noch verstanden hatten, denn auch sie waren der Hitze ausgesetzt, dieses Verständnis war nun fort, gleich einer Karawane, die in der Wüste versinkt. Die Aufseher wie Sklavenbesitzer hatten nun das Rund in den Händen und sagten, das Rund zeige an, dass sie nicht erschöpft zu sein hätten, die Kerbe zeige an, dass sie weiterarbeiten müssten.

Ein plötzliches Leiden hatte begonnen, nicht nur bei den Sklaven, auch die Händler verliessen kaum noch den Bazar, so dass er Tag und Nacht geöffnet war. Die Händler assen, nein sie schlangen die Hirse und den Couscous hinunter, damit sie nichts verpassen müssten und sie wurden reich- noch reicher! Denn die Kunde vom Rund hatte sich wie dieses neuartige Naturphänomen der unsichtbaren Bewegung rasch verbreitet. Karawanen in grosser Zahl lagerten in der Oase. Doch nicht nur der Bazar hatte nachts geöffnet, auch die Sklaven mussten nun nachts im Feuerschein arbeiten, während andere Sklaven am Tag für ein bis zwei Kerben lang schlafen mussten. Ordnung, so wie zu Anfang, als der Märchenerzähler die Oase sah, war nun nicht mehr sichtbar. Die Händler jedoch kleideten sich nun in immer teurere Gewänder doch, ihre Hände wurden zunehmend geschwärzt vom Russ der Münzen, die sie kaum noch aus ihren Händen legten. Es war eine Männergesellschaft, nicht mal die käuflichen Frauen waren in der Oase. Es war kein Platz für ein Lächeln, für eine zärtliche Geste- das Rund und der harte Wurf der Münzen herrschte.

Verschreckt stand der Märchenerzähler im Bazar, wurde herumgestossen von einer gierigen Masse. Mühsam bahnte er sich den Weg zum Zelt des Kaufmannes, dem er das Rund gegeben hatte.

„Was hast du mit meinem Rund gemacht?" schrie er den Kaufmann zornig an.

Ein höhnisches Lächeln, jenes überlegene, in Sicherheit des Reichtums schwimmende fratzende Lächeln, war die Antwort.

„Du hast meine Phantasie missbraucht. Ich wollte den Menschen verstehen lernen, was die Tochter Gottes ZEIT mit Namen uns bedeuten kann", entgegnete der Märchenerzähler erregt.

„Fürwahr, sie bedeutet mir viel, sehr viel. Du bist ein nützlicher Idiot, wie jeder Mann, der sich die Phantasie zum Leben wählt. Und fürwahr du hast wohlgesagt, die Tochter Gottes, du siehst, sie macht mich reich. Ein kluger Gott, der Reichtum schaffen lässt, er hat wohl auch eine kluge Tochter. Ich weiss nicht was ZEIT bedeutet, ein Wort, wie viele, aber ich sehe und erkannte, es hat Macht. Macht die grösser zu sein scheint als die Armeen aller Sultanate, es hat die Macht, über Menschen zu herrschen und zu beherrschen, ohne dass ich auch nur meinen Dolch berühren muss. Es hat die Macht, Gold und endlose Reichtümer zu schaffen und es hat die Macht, Menschen zu vernichten. Glaube mir, wer die ZEIT besitzt, der IST Gott, und wer die ZEIT verkauft, ist auf immer reich! Reich! Du Narr!" dabei lachte er, dass es dem Märchenerzähler fror und zurücktaumelnd, stammelnd brachte er mühsam hervor „Geister, dunkle schwarze Geister der Wüste haben dich befangen, du versuchst Gott. Du bist der Narr- du willst Gott kaufen!"

„Du Schwätzer von Gott! Befreit er die Sklaven? Nein! Wir besitzen sie. Wir Händler werden nun einen Turm bauen lassen mit einem grossen Rund an seiner Spitze auf allen Seiten. Der Turm wird so hoch, dass er von allen anderen Oasen auch gesehen werden kann. So werden wir auch diese Oasen und ihre Bewohner darin beherrschen und sie werden uns dafür, dass wir sie beherrschen, Tribut zahlen. Gott ist mit den Reichen, den Mächtigen, denn sie geben ihm auch Tribut. Und nun scher dich fort- du Erfinder! Du Nichtsnutz eines Märchenerzählers, fort mit dir, sonst werden meine beiden Leoparden einen Märchenerzähler zum Frass bekommen. Fort!" schrie der Kaufmann, der immer erregter geworden war, und dessen Schrei das Wasser in einer Oase hätte versiegen lassen können, so vernichtend war dieser Schrei, schärfer als es ein Dolch je hätte werden können.

Wortlos verliess der so Fortgejagte das Zelt.
Wo war das Toben der Kinder, wo das verführerische Auge einer Frau, wo das lebenskluge Lächeln alter weiser Männer? Was nur hatte er, ein namenloser Märchenerzähler, in einer vergessenen Oase angerichtet? Jetzt wollten sie noch einen Turm bauen. Ein Turm aus Lehm und Stein in einer Oase, die Palmen und Wasser schenkte.
Tage später trottete er immer noch erschöpft von den kalten Worten des Kaufmanns durch die staubigen Wege der Oase, als er Lärm hörte. Rasch ging er dem Lärm entgegen und blieb wie zu Stein erstarrt stehen, als er sah, was er sah: ein grosses Gerüst aus Holz. Sie hatten also schon mit dem Turmbau begonnen. Schwitzende Sklaven unter Peitschenhieben begannen nun Steine und Lehm Mass für Mass zu einem Turm zu bauen. Der Märchenerzähler konnte nicht glauben was er sah, so ohne Sinn war es für ihn, und so fragte er einen Karawanenführer, der noch jung an Jahren und wohl erst von Ferne herangekommen.
„Sage Bruder, was soll dies werden?", fragte der Märchenerzähler und wies auf das Holzgerüst.
„Nun, ich hörte, dass dies ein Turm werden soll, sichtbar in der ganzen Oase und weit darüber hinaus mit einem grossen Rund an jeder der vier Seiten.- Du kennst das Rund, Bruder?" fragte der Araber freundlich zurück.
„Oh ja Bruder, ich kenne es!"

„Nun, dies Rund soll Mond und Sonne ersetzen, um so die Arbeit der Sklaven besser planen zu können. Der Turm soll so hoch werden, dass auch die Arbeit in den anderen Oasen besser von den Sklaven getätigt werden kann und so der Reichtum wächst. Mir soll es recht sein."

„Sag an, mein Bruder unter der Sonne, was hat dich in diese Oase gebracht?"

„Ich handle mit Sklaven, und in dieser Oase werden nun viele Sklaven benötigt. Ich hörte vom Reichtum dieser Stätte und es war klug von mir so viele Sklaven, auch viele aus der schwarzen Erde geformte, mitgenommen zu haben. Am heutigen Morgen schon konnte ich alle verkaufen! Ein grosser Gewinn der da in meinen Beutel kam."

"Ich weiss nicht mehr Herr, wer mein Bruder unter der Sonne ist", stammelte der Märchenerzähler und zitterte am ganzen Körper.

„Mein Freund, ist dir nicht wohl, so nimm diesen Weinschlauch hier."

„Oh nein, nenn mich nicht Bruder und nicht Freund. Und dein Wein, den du mir milde geben willst, wird er nicht Essig nun für Euch nach diesem Gewinn in eurem Beutel?"

Und langsam, wie in eine andere Welt laufend, zog der Märchenerzähler von dannen. Den Lärm des Turmbaus nicht mehr hörend, und Tränen rannen über seine Wangen.

„Seltsame Menschen hier, inmitten, diesem Reichtum" murmelte der Sklavenhändler und nahm einen grossen Schluck seines Weines.

Der Turm wurde schnell vollendet, stand gross, hoch, aufrecht und anmassend in der Oase. Von weit her sichtbar mit dem grossen Rund, das nun den Lauf des Mondes und der Sonne ersetzen sollte – und auch ersetzte. Denn Tag und Nacht war nun gleich. Der Bazar war nun stets geöffnet, die Arbeit der Sklaven, taumelnd vor Müdigkeit, blasse Schatten ihrer Körper, schufteten fast ohne Unterlass und immer häufiger erfassten seltsame Geister einzelne Sklaven, die plötzlich nach Arbeit schrieen, nicht mehr assen und auch kein Wasser mehr trinken wollten, eine Hacke nahmen und wie von Sinnen den heissen Sandboden aufhackten, wild, dabei riefen sie, dass sie zu wenig arbeiten würden, und so aus den geplanten Arbeitsabläufen ausbrachen, tanzend die Augen verdrehten. Die Sklavenbesitzer schickten diese von den Geistern befangenen in ihre Heimat zurück, ausgerüstet mit Nahrung und Wasser. Zwar wurden durch diese Ausfälle noch mehr Sklaven benötigt, doch fiel auch gleichzeitig damit der Preis für Sklaven. Es schien gleich einer Krankheit, mehr und mehr Sklaven wurden von diesen unerklärlichen Geistern befallen, so dass sich Ärgernis unter den Händlern, Kaufleuten und Sklavenbesitzern breit machte. Hatte man anfänglich die besessenen Sklaven noch mit Nahrung und Wasser in ihre Heimat zurückgeschickt, so jagte man sie nun ohne Nahrung und Wasser aus der Oase, doch auch dies schreckte die Sklaven nicht davor ab nicht von diesen seltsamen Geistern befallen zu werden. Aber je mehr sich diese Geister unter den Sklaven ausbreitete umso mehr kam man unter den Sklavenbesitzern, den Händlern und Kaufleuten des Bazars überein, dass es besser sei, diese Bessenen zu töten, dadurch, so hofften sie, würde der Preis für Sklaven wieder stabil und die Ausgaben für Wasser und Essen dieser Verrückten gespart werden. Die Herren des Bazars waren sich schnell einig, die Frage war nur, wer solle diese verrückten Sklaven töten, die Herren des Geldes und des Handels waren dafür zu beschäftigt.

Es sollte eine spezielle Person, die dieses Amt übernehme, sein, sie würde bezahlt von den Sklavenhändlern und Kaufleuten des Bazars zu je gleichen Teilen. Dieser Totmacher war frei in der Wahl der Mittel wie er den befallenen Sklaven das Leben nahm.

Viele, sehr viele Männer bemühten sich um dieses neue Amt, denn es war grosszügig bezahlt. Hier zeigten sich die Kaufleute wieder als Kaufleute, nicht als feilschende Krämer.

Und schneller als es Karawanen hätten je können, schneller als das stürzende Wasser, verbreitete sich diese Entscheidung des Bazars. Jubel in den Bazars der Oasen- Angst unter den Sklaven! Eine neue Angst war plötzlich mitten unter sie getreten.

Nicht die Angst vor der Peitsche, die kannten sie, es war die Angst vor einem dunklen Geist bemächtigt zu werden, den sie nicht kannten, nicht sahen, gegen den sie sich nicht wehren konnten. Es war ein Geist, der unweigerlich zum Tode führte, wenn nicht durch den Geist selbst, dann durch den neuen Totmacher. Sowohl dem dunklen Geist wie dem Tode konnten sie nicht entfliehen, und draussen vor der Oase lauerte der Tod der Wüste. Dieser dunkle Geist war wie jener ungreifbare Geist, der WIND genannt wurde, der Kühlung sandte, der streichelte und tötete. Und die Sklaven in den Oasen und weithin bis über den Horizont der Wüsten hinaus, verfluchten das Rund und seinen Turm, dass erst diese dunklen Geister rief.

Dieser Ort des Geldes, der sauberen Ordnung, der für alles nun ein Gesetz und eine Kontrolle hatte, dieser Ort der Arbeit, des stetig rumorenden Bazars wuchs und wuchs, doch immer noch gab es beängstigend wenig Frauen und noch immer war das Lachen, die Augen der Kinder an diesem Ort unbekannt. Selbst die käuflichen Frauen verliessen alsbald wieder diesen Ort, wo man ihre Würde kaufen wollte, auf das sie immer unwürdig den kalten Trieben der Bazar-Herren ausgeliefert wären.

Über allem wachte der Turm, anmassend, höhnisch.

Prediger von Ferne kommend, angelockt durch den Reichtum dieser Oase, sprachen vom Wunder des Turmes, von seiner unüberwindbaren Macht. Predigten, der Turm und sein Rund sei Gott und nur wer diesem Gott huldige besitze ihn auch. Und wer ihn besitze erlange nie versiegenden Reichtum. Und Reichtum zu erwerben sei Gottesgebot.

Am Fusse des Turmes wurde ein Altar errichtet und in Scharen eilten die Männer zum Turm, verneigten sich, gaben, wie von den Predigern gefordert, wertvoll persönliche Dinge ab, die die Prediger mit gemessener Haltung und gierigen Augen entgegennahmen. Danach eilten die Herren wieder zu ihren Geschäften oder liessen die Peitsche nun von göttlicher Überzeugung bestärkt noch intensiver, noch schmerzerzeugender auf ihre Sklaven niedersausen.
Nichts schien diesem Wohlstand, mehrend treibend, gefährlich werden zu können, in diesem nie endenden, wallenden Reichtum geschah etwas von einem Atemzug zum anderen.
Die Sonne - notwendig, dass sie die Kerben des Runds beschien - war zurückgezogen hinter eine Wand grauer Schatten, die sich über diesen Ort legten. Der Mond – auch er zeigte die Kerben in der Nacht an – war gleichsam erloschen, es war nicht das klare Schwarz der Neumondnächte, es war ein nie zuvor beobachtbares graues Nicht-Hell und Nicht-Dunkel, das wie seltsame Hände sich über den Ort des Handels und des Geldes gelegt hatte, nicht hell und nicht dunkel genug, damit die Menschen das Rund und seine Kerben hätten lesen können. Verschwommenheit durchzog die Luft, die wechselnd von heiss und kühl das Atmen schwer machte.

Ratlosigkeit breitete sich aus. Denn dieser Zustand blieb nicht einen Tag, zwei Tage, nein er blieb unverändert, so dass die Menschen in der Oase das Gefühl für Tag, für Nacht, ja die Orientierung, was sie zu welcher Kerbe hätten machen müssen, nun nicht mehr besassen. Sie fühlten sich wie in der Wüste, ohne auch nur einen Anhaltspunkt zu gewinnen. Keine Sonne, kein Mond, das Rund nicht lesen könnend, und dadurch, dass sie Tag und Nacht gleich behandelt hatten um ihre Geschäfte zu mehren, so war ihnen auch das körperliche Gefühl genommen, das ihnen hätte sagen können, dass es nun notwendig sei zu schlafen oder zu essen. Doch nichts dessen besassen die Händler und Kaufleute, die Sklavenhändler, die Prediger und Geldverleiher mehr, orientierungslos liefen sie umher, wütend die einen, niedergeschlagen die anderen, verängstigt jene, die das Rund mit seinen Kerben sich zum Lebensinhalt gesetzt hatten, sie wussten nun nicht mehr was sie tun sollten. Zunächst flohen sie in die Arbeit, peitschten die Sklaven noch grausamer, versuchten den Käufern im Bazar noch mehr Münzen als zulässig abzunehmen; logen, betrogen, sie wollten mehr Reichtum anhäufen, sie hatten nicht Angst ihr Leben zu verlieren, aber grosse, panische Angst ihren Reichtum zu verlieren.

Doch eine Karawane nach der anderen reiste fort, in der Hoffnung, sie würden weit draussen in der Wüste die Sonne wiederfinden. Doch soweit sie auch reisten, dies unklare Grau, diese unbekannten Schatten des Lichts begleiteten sie. Und da das schlechte Gewissen einen Schuldigen benötigt, fingen die Händler im Bazar an, sich zu fragen, ob dieser plötzliche Verlust des Lichts, der Orientierung nicht an jenem Kaufmann liegen würde, der, wie er gesagt hatte, dass Rund erfunden habe und es in der Oase als Erster verkauft hatte.

Sie stellten ihn und fragten: „Herr, du hast das Rund erfunden, wir denken, dass damit das Schattende unserer Tage und Nächte, die wir aber nicht mehr unterscheiden können, damit in Verbindung steht. Sag an, was hast du getan?"

„Ich? Das Rund erfunden? Nein, ich kaufte es dem Märchenerzähler ab, der dumm war, nicht wusste was er erfand", verteidigte sich der Kaufmann, der auf einem reich verzierten Stuhl sass, umgeben von Prunk.

„So hast du es uns aber nicht gesagt. Du, so deine Worte, hättest es erschaffen! Wo ist dieser Märchenerzähler nun?"

„Wo soll er sein? Er ist fort! Ihr selbst habt ihn aus dem Bazar gejagt, mit euren Elfenbeinstöcken geschlagen und eure

Kanaan-Hunde auf ihn gesetzt. Nun wollt ihr von mir wissen wo diese Kreatur ist?" hochmütig, wie es Feiglinge nun mal sind, herrschte er sie an „So sucht nach ihm- in meinem Zelt ist er nicht. Und was beschwert ihr euch: seid ihr nicht alle, die ihr mich jetzt anklagt, seid ich nicht alle reich geworden? Sagt! Seid ihr nicht zu Gold und unzählbaren Münzen gekommen?"

Wieder in Ratlosigkeit gefangen verliessen die Kaufleute, nicht minder feige als jener im Prunk sitzende Kaufmann, sein Zelt.

Der Bazar blieb auch heute menschenleer, und wie die Händler dastanden, ratlos, feige, darüber nachsinnend was zu tun sei, hörten sie die schrillen Stimmen der Prediger am Turm, die riefen, nur ein Opfer, ein Sklavenopfer könne Gott versöhnen. Ein jeder Sklavenbesitzer müsse zwei seiner Sklaven dem Turm opfern, jeder Händler des Bazars, der keine Sklaven habe, eine Schale Gold den Dienern Gottes am Turm schenken, und das Licht der Sonne, die Huld des Mondes würde zurückkehren, der Handel wieder geschäftig, die Karawanen würden wieder in diese Oase reisen.

Kaum waren die Worte der Prediger gesprochen da füllte sich auch schon der Vorplatz des Turmes. Kopf an Kopf standen die Sklaven, zögernder waren die Händler, die ihre Schale Gold brachten. Nachdem die Prediger unverständliche Worte gen Turm und Himmel gesprochen hatten, stiegen sie – zu fünft – die Treppen am Turme hinunter, in ihrer Rechten einen kunstvoll verzierten Dolch haltend und gingen auf die zitternden, regungslosen, weinenden Männer zu, und mit einer erschreckend gekonnten Handbewegung schnitten sie den Sklaven die Kehle auf, so dass das Blut herausspritzte und der Blutstrahl sich auf die weissen Leinen der Prediger ergoss, die gemessen, von innerer Erregung gepackt, zum nächsten Sklaven schritten und ihr Gotteswerk weiter vollbrachten. Lautlos brachen die so Geopferten zusammen, Leiber lagen

über Leiber und röchelten ihr Leben aus. Mit gierigen Augen schauten die Sklavenbesitzer und die Herren des Bazars gen Himmel, in der Hoffnung, die Sonne möge aus dem Grau heraustreten und ihr Rund bescheinen. Ungerührt mit schwitzigen Händen, vom Blut besudelt vollzogen die Priester ihre Fähigkeit, die sie mit ihrem Handgelenk lautlos und sicher vorführten. Diese Tötung für die Besänftigung Gottes flösste Schauder und Achtung bei der umstehenden Menge ein. Als die fünf Prediger nun auch den letzten Sklaven geopfert hatten, es war eine junge Frau gewesen, die ein Kind unter ihrem Herzen trug, - es wäre das erste Kind in dieser Oase gewesen - wandten sie sich mit ihren nun vom Blut rot gewordenen Gewändern dem Turm zu, verneigten sich und trugen das Gold in ihre Zelte. Dann mussten Sklaven ihre toten Brüder und Schwestern auf Ochsenkarren schaffen und die toten Sklaven wurden dann weit vor die Oase geschafft und dort den wilden Tieren zum Frass vorgeworfen.-
So verlangte es der Gott des Turmes.

Doch nichts geschah!
Das Licht verweigerte sich!
Nun gerieten die Herren des Bazars mit den Predigern in Streit und verlangten ihr Gold zurück. Die Sklavenbesitzer verlangten, dass die Prediger die geopferten Sklaven nun bezahlen sollten. Es sei ein Opfer ohne Wirkung gewesen, und Gott sei immer auf der Seite der Händler, doch seit es die Prediger gäbe, sei Gott durch ihr Geschwätz verwirrt worden. Ein Kampf brach los, an dessen Ende viele Kaufleute aber noch mehr Prediger tot vor ihrem Altar lagen. Die Händler holten ihr Gold aus den Zelten der Prediger und kehrten in den schweigenden Bazar zurück, verkrochen sich in ihre Läden, zwischen ihrem Gold und Münzen, den edlen Stoffen, fluchend, zeternd und von Gram erfüllt. Inmitten ihres Reichtums hatten sie jede Orientierung verloren, sie wussten nicht mehr was Tag, was Nacht, was schnell, was langsam

war, konnten mit der Bedeutung der Kerben, die ihnen so wichtig gewesen waren, nichts mehr anfangen, starrten auf ihr kleines Rund in ihren Läden und Zelten und Leere umgab sie. Sie hatten verloren, was sie für den Sinn ihres Tuns gehalten hatten, sie waren nun die Sklaven ihrer selbst, ihrer Leere, das Rund war bedeutungslos und sie selbst von einem Atemzug zum anderen auch. Was nur? Was? hatten sie falsch gemacht??

Es vergingen unendliche Distanzen, und die Welt sass da, reich, aber verloren des Sonnenlichts, verlassen der Träume, die sie dem Mond hätten erzählen können, einsam von sich selbst, inmitten sich selbst, gönnte keiner dem anderen nicht mal mehr das Nichts-!
Zuversicht war eine Erinnerung, die die Völker nicht mehr kannten. Nur die Menschen, die im grossen Wald wohnten, dort, wo einst das Weiss ihren Wald bekleidet hatte, nur dort, wo die Männer und Frauen das Geld, den Reichtum nicht kannten und auch das Rund ihnen unbekannt war, dort herrschte jenes Lächeln, das sich auf sie legte, wenn sie sich vor dem grossen, majestätisch dahinfliessendem Wasser verneigten, wenn bunte Vögel, gleich einem übergrossen farbigen Tuch, das über den grossen Wald gelegt wird, dahinflogen, baten sie die grosse Göttin, die in tosenden Wassern in die Tiefe stürzten um ein Zeichen, ein Zeichen für das Lächeln, für den Moment gleich des Wassers, das fliesst.

IN DER KUPPEL DES MONDRAUMES

In jenen Tagen als der Turm wuchs, der Reichtum der Oase zum Hohn der Armut geriet, in jenen Tagen hatte der Sohn des Re Aqua das Reich der Schwarzen Sphinx erreicht, das von Blumen duftete und eigentümliche Geräusche der Wasserspiele die Luft erfüllten.

Der Sohn, gross und stolz gewachsen, strahlte jene Würde aus, die auch seinem Vater eigen war, nur, dass die Würde des Vaters sich mit der Ruhe der Weisheit verschmolz, während die Würde des Sohnes sich paarte mit dem Glanz der Jugend, wo sich Zukunft an seinen Schläfen zeigte.

Wie einst sein Vater wurde auch er mit Respekt und Achtung empfangen, wurden ihm Speisen, Früchte, klares Wasser geboten, gereicht von schwarzen, wohl gestalteten und ihrer Sinnlichkeit bewussten Frauen in hellen, leichten Gewändern.

Die Nacht hatte sich still über das Reich der Schwarzen Sphinx gelegt, als er in die Kuppel des Mondraumes geführt wurde.

Nur mit ihrer Muschelkette bekleidet, die sie um die Hüften geschwungen hatte, trat sie vor den stolzen Königssohn. Verwirrt von ihrer Schönheit und ihrem wilden Verlangen nach leidenschaftlicher Berührung, die ihre dunklen Augen und ihre bebende Brust verströmte, überbrachte er die sorgenden Worte seiner weisen Männer: sie möge helfen, sein Volk, seine Völker lebten im Sumpf des Neides, des tobend-mordenden Blutes, die Welt gönne sich selbst nichts mehr, Kinder würden nicht mehr wachsen, kaum hätten sie das Alter erreicht in dem sie selbst ihre Füsse zum Stehen gebrauchten, würden sie sterben, sterben, da die Liebe geflüchtet sei, die Liebe zu den Kindern wie die zwischen Mann und Frau, zwischen Tag und Nacht, nur Schatten des Graus hingen über den Völkern, die Wasser versiegten, die Haut liesse sich nicht mehr wärmen. Er, der Sohn des Königs wisse, dass, wenn er zurückkäme ohne eine Antwort, die Diener und Berater wie die weisen Männer, die ihm dienten, zerstückelt, zerschunden würden. Er wisse auch, er käme ohne jenes Geschenk, das sie benötige, um die Fähigkeit des Sehens zu erhalten. Wenn sie Rettung, Hoffnung, Liebe in wohl erst ferner Zukunft sehen könne, und nur das durch den Preis seines Todes, so sei er bereit, jetzt in diesem Moment des Atemzugs, vor ihren Augen sich diesen Dolch, den er vom Vater und er von seinen Vätern geschenkt bekommen hatte, sich mit diesem, jetzt vor ihrem Antlitz selbst zu töten. Den Dolch in seiner rechten, die Augen nun stark, ernst und mit ungeahnter innerer Kraft auf die Schwarze Sphinx gerichtet, bereit den letzten und grössten Schritt zu vollziehen.

Er wartete auf ihre Worte.

Doch was geschah?

Die unnahbare Schwarze Sphinx- - lächelte.

Ein unbekanntes Gefühl bemächtigte sich ihrer, als sie diesen stolzen und ernsten Mann betrachtete. Wie einst sein Vater war er demütig vor sie getreten, doch sich seines Ranges und seiner grossen Aufgabe bewusst, nicht unterwürfig, nicht schwach, sondern von innerer Festigkeit. So auch er, stark im Angesicht des Todes, nicht zaudernd im Zustand der Hoffnungslosigkeit, seine Aufgabe erfüllend, auch dann noch, wenn sie schon verloren schien.

Die Schwarze Sphinx wusste um den Zustand der Welt ausserhalb ihres Reiches, wo Sonne und Mond, Blumen und Wasser ihr wechselndes Spiel spielten.

Die Kinder Gottes WIND und ZEIT waren erzürnt über die Anmassung der Menschen und doch liebten sie die Menschen. Darum war das Grau über die Welt gekommen, diese Erdenkinder hatten die Tochter ZEIT verhöhnt, sie missbraucht, um Reichtum zu horten, und der Bruder WIND war ausser sich über diese Beleidigung seiner geliebten

Schwester, darum hatte er das Grau über die Welt wehen lassen, so wie es seine Schwester wollte, darum liess er die Läden und Zelte wegfliegen, so dass sie stets neu aufgebaut werden mussten. Doch die Kinder Gottes hatten der Schwarzen Sphinx die Kunde zukommen lassen, denn wenn ein edler Mann, mutig und aufrichtig sich der Sorge der Welt annahm, und wenn er der Schwarzen Sphinx gefiel, dann würde sie den Menschen ein Geschenk geben, an dem sich alle Menschen erfreuen würden. Dieses Geschenk sei unzerstörbar, fern von Neid und es würde symbolisch die beiden Zwillinge Gottes WIND und ZEIT, vereinigen, beides würden die Menschen nie erfassen, soviel sie es auch versuchen würden. Nur in ihrem Geschenk könnten die Menschen es vielleicht verstehen.

An dies erinnerte sich die Schwarze Sphinx und sah in die klaren und festen Augen und ein Schauder durchlief sie beim Anblick dieses Mannes. Ihr verlangend heisser Körper vibrierte.

„Deine Augen sind so ehrlich, sie sind klarer als die klarsten Wasser in meinen Gärten, Sohn des weisen Re Aqua, folge mir."

Noch immer den Dolch in seiner Rechten, schaute er verwundert in das vor Schönheit und beherrscht-vulkanisierend verlangende Gesicht.

„Nicht der Tod rettet die Welt, nur das Leben, nur der Rausch der Liebe".

Erst jetzt nahm der Königssohn ihre verwirrend, ungezähmte Sinnlichkeit wahr, dieses Sehen, dazu der Duft der Blumen, das Rauschen der Wasserfontänen, jener Atmosphäre, in der er brannte, und das Bild der Schwarzen Sphinx flossen zu einem Bild zusammen, das er nicht weiterbilden konnte.

Die Schwarze Sphinx führte ihn, den Arm leicht auf seine Schulter gelegt, in den aus Blumen kuppelnden Raum, in dem üppig schwarze Frauen ohne Tunika und Tuch ihn entkleideten, badeten und ihn mit wohligen Essenzen berührten und führten ihn dann auf ein übergrosses Lager welches mit weissen Elefantenhäuten bedeckt war, und auf dem die Schwarze Sphinx ihn erwartete, ungeduldig den Körper des Mannes verlangend.

Nachdem Diener Früchte und Wasser gebracht hatten, sprach die Schwarze Sphinx „Nur das, was wir beide heute Nacht verwirklichen, kann Rettung sein" ,damit zog sie den erregten Königssohn zu sich, umschloss ihn mit all ihrem ungezähmten Verlangen, mit ihrer eruptiven Sinnlichkeit und atmeten so im Rausch den Rand der Ewigkeit.

Es gibt Nächte, die das Leben- ja die Welt! - verändern, es gibt eine Form der Sinnlichkeit, die einmal erlebt, nicht vergessen werden kann, in die die Seele eingetaucht ist und dort ihre Natur hinterlässt, die verlangendes Geheimnis bleibt.

So war es dem Königssohn als auch der Schwarzen Sphinx, als die Sonne schon im Zenit stehend, erwachten. Es war ein anderes Erwachen als das sie es jemals zuvor, gefühlt hatten. Im Erwachen, diesem Zustand zwischen Schlaf und Wissen, diesem glückseligen Zustand, wo der Traum beendet und die Wirklichkeit noch nicht erreicht ist, jene Sekunde, wo Welt und Kosmos einen Atemzug lang- kurz - in nie gedachter Harmonie erscheinen, in diesem Augenblick begegneten sich die Augen der im nächtlichen Rausch Vereinigten!

Schweigend lagen sie sich im Arm und ahnten zur erwachenden Stunde, dass sich etwas verändert hatte. Nicht nur für sie, es schien als hätten sie ein Geheimnis gezeugt, dessen Enträtselung sie selbst nie erreichen könnten.

Welch ein Tag. Lange Stunden blieben sie vom Rausch geschwächt-gestärkt auf ihrem Lager, so als würde dieser magische Atem der Nacht sich verlieren, wenn sie es verlassen würden.

Nach einer Weile des sich in der Wirklichkeit wiederfindend, sprach die Schwarze Sphinx: „Wisse, dass ich in dieser Nacht meine Augen verloren habe, die nicht Sehendes sehen konnten, dass ich verlassen habe den Sinn, ferne Zeiten zu deuten, dass ich wohl Werthafteres erfüllen kann. Geliebter, ich werde ein Kind gebären, ein Kind von dir."

Der Königssohn lächelte, sprach kein Wort, doch dieses Lächeln umspannte die Welt, in dem sich Scheu, Wissen und vollendeter Edelmut paarten.

Die Monate flogen dahin, die Welt, so berichteten die Boten, sei Grau, von Missgunst regiert, die Seelen allein herumirrend, und dem Königssohn rieten die Boten inständig im Reich der Schwarzen Sphinx zu bleiben, Edelmut sei wohl das sicherste, um den schnellen und grausamen Tod zu erleiden.

„Doch mein Volk, muss es nicht ein Licht haben in der Finsternis?"

„Wohl an, ein Licht in der Finsternis, ist hilfreich, doch das Volk und die Völker wählten selbst das Dunkel, das Grau, verhöhnten die Sonne, verlachten den Mond, verachteten das Wasser, mordeten das Blut ihrer eigenen Kinder im Namen des Goldes und des Rund".

Der Königssohn, niedergeschlagen- sah seine Geliebte wie sie mit dem Kind unter ihrem Herzen von Tag zu Tag schöner wurde, blühte, eine Zärtlichkeit verströmte, die wie unwirklich schien inmitten dieser niederdrückenden Kunden, die die Boten brachten.

Der Tag der Geburt näherte sich und somit auch der Tag, an dem ein neues Leben diese Welt bereichern würde! Ja, wie war es möglich, ein Kind in diese Welt des grauen Schattens zu setzen. An einen Ozean, der mehr zum Ertrinken, denn zum Überqueren einlud, der Gefahren, unübersehbare Gefahren barg.

Ohne Schmerzen gebar die Schwarze Sphinx eine Tochter mit schwarzen Haaren, Locken, und der Hautfarbe wie der Wüstensand, der im Abend schimmert.

Die Mutter hielt das Kind im Arm, und Unsagbares durchströmte sie.

Während im Reich der Schwarzen Sphinx nun das Glück in Form einer Tochter heranwuchs, blieb das kalte Grau über der restlichen Welt. Dieses Kind, kaum das es laufen konnte, liebte es mit seiner Mutter an den Wasserspielen zu verweilen, ihre Formen mit grossen Augen zu betrachten, noch mehr liebte es das Rauschen dieser Wasserfontänen, und schon bald gab sie Laute von sich, die weder die Schwarze Sphinx noch der Königssohn je zuvor auf der Welt gehört hatten. Es waren Laute die angenehm zu hören waren, die in den Eltern, und ihren Dienern, ein Gefühl der Weite, der Leichtigkeit, der zuvor nie erfühlten und erlebten Leichtigkeit, ja Heiterkeit vermittelte. Die Tochter, die sie Solemar- Sonnenmeer- nannten, sass wie selbstvergessen vor den Wasserspielen, lauschte, und übernahm in ihre Laute und ihrer Stimme das Auf- und Absteigen des Wassers, die hohen Fontänen und das schüchterne Plätschern, das Aufnehmen der Schale, wenn die Fontäne wieder hinabsank. Gleich einem Blütenstrauch flocht Solemar diese Geräusche, die aber nun plötzlich durch ihren Mund, durch ihre Stimme keine Geräusche mehr waren, es war etwas, das niemand zuvor je gehört hatte, welches so viel Freude verströmte, aber auch, wenn Solemar traurig war, weil ein Vogel sich verletzt, ein Tier sich verlaufen hatte, dann gestaltete sie soviel Traurigkeit mit ihrer Stimme, doch nie war sie trist, und selbst in ihrer traurigen Stimme lag immer der Schimmer der Heiterkeit, der Zuversicht.

Die Schwarze Sphinx, wissend, dass sie durch die Liebe zum Königssohn und zur Liebe ihrer Tochter die Gabe des Sehens verloren hatte, schickte nach dem weisen Mann ihres Reiches, er solle Solemar nur beobachten und seinen Eindruck dann ihnen sagen.

Der Weise Mann, der Königssohn hatte einen alten, weisshaarigen Mann erwartet, war von erstaunlicher

Jugendlichkeit, kaum das der Bartflaum sich zum Bart gewandelt hatte. Gross, wohlgestaltet, doch zur völligen Überraschung des Königssohns - blind.

„Geliebte, sage mir, wie mag ein blinder Mann, jung an Jahren, unsere geliebte Tochter sehen können, einen Eindruck uns sagen?"

„Geliebter! glaubst du, dass ein Mensch nur mit den Augen sieht? Glaubst du, dass Weisheit an das Alter gebunden ist? Glaubst du, dass nur Erfahrung der Teil in uns ist, der Zukunft verspricht?"

„Ich weiss es nicht- mein Herz ist das deine, deine Augen sind die meinen, und Solemar ist unser Atem- und so weiss ich, dass du das Richtige gewählt."

Der junge weise Mann ging mit Solemar durch die Parks, und Solemar erzählte ihm von den Blüten, den Vögeln, führte ihn hin zu den Wasserspielen, verweilte dort, lauschte den verschlungenen Tropfen, die zum Strahl sich formten und tausendfach im Sonnenlicht glitzerten, und wieder begann Solemar mit ihrer Stimme den Weg des Wassers nachzufolgen.

Der junge, weise Mann hörte genau hin, und schon beim ersten Ton ihrer Stimme fühlte er den Gedanken in sich aufsteigen, dass dies nicht irgendein Kind eines Königspaars, nicht nur ein Kind von zwei aussergewöhnlichen Menschen, nein, dieses Kind sandte Gott. Was es dort mit seiner Stimme formte war, ja, wie sollte er es nur benennen, er nannte es Glück- unvergängliches Glück- obwohl es, wenn es verklungen war, zwar nicht mehr mit den Ohren gehört werden konnte, aber das Gehörte wurde weiter und weiter mit dem Herzen gehört, floss weiter und weiter, war unvermittelt ein Teil unseres Herzens, ja uns selbst geworden. Und während das Kind selbstvergessen seine Stimme formte, rannen Tränen dem weisen-blinden Mann über die Wangen. Diese Stimme und das was sie formte, lag über aller Weisheit, strahlte weiter und tiefer als alle weisen Worte, die gesprochen waren und in Zukunft gesprochen würden. In ihr lag soviel Liebe, Hoffnung und- Unschuld, dass der Mann erschauerte, und er erfühlte, dass er nun mit seiner Blindheit klarer sehen konnte, als wenn das Schicksal ihm das Augenlicht verliehen hätte.

War dieses kleine Mädchen, dass, wie man ihm sagte, mit wilden schwarzen Locken und der Haut der abendlichen schimmernden Wüste, war dieses Kind eine Hoffnung, die über allem Hoffen stand?

Der Abend brach herein und Solemar führte ihn zurück ins Haus ihrer Eltern.

„Geachtete, mir verehrte Frau- eure Tochter, ist mehr als eure Tochter- sie hat eine Gabe, die mich erschauern lässt, die grösser und tiefer bewegt als alle weisen Worte, als alle Macht, strahlender sein wird als es Könige je sich vorstellen können, sie hat eine Gabe, die an jedem Ort unserer Erde Zuversicht und einen Zustand hervorrufen wird, den zu nennen ich kein Wort kenne, doch es wird ein Zustand sein- wofür das Wort Glück zu schwach und zu schal ist! Solemar, ihr habt wahrlich den rechten Namen für eure Tochter gewählt – Solemar trägt eine Hoffnung in sich die über jedem Leben steht, ich verneige mich vor euch, vor dem was ich Glück nenne und der Aufgabe, die ihr in Solemar bekommen habt, doch verneigt ihr euch vor Gott und den Göttern, die euch diese Tochter schenkte, so wahr ich blind bin, es ist eine Tochter Gottes!- gewährt mir einen Wunsch, eine Bitte, lasst mich der sein, der eure Tochter unterweist!"

Dies hatte der weise Mann mit grossem Ernst gesprochen, und vibrierend stand er vor ihnen.

„Dein Wunsch sei gewährt", begann der Königssohn, "doch sage uns, wie nennst du das, was Solemar mit ihrer Stimme formt, wie mag man es nennen?"

„Wohlan, wie nennst du die Sprache der Vögel?"

„Eine nicht leichte Frage, sie sprechen, nein, sie zwitschern, nein- welche Fragen stellst du? Was haben die Vögel mit Solemar zu tun?"

„Ich nenn es Singen! Wie die Vögel, nur, dass Solemar schon jetzt mehr mit ihrer Stimme formen kann als Vögel, die wir kennen."

Die Schwarze Sphinx ging auf den weisen Mann zu, legte ihm beide Hände auf die Schulter und sprach "Dir sei Dank, zu Recht wirst du als weiser Mann in meinem Reich genannt, und können wir einen weiseren, empfindsameren Menschen finden, der Solemar in die Geheimnisse des Schicksals unterweist?" Sie umarmte ihn und küsste ihn jeweils auf die Wange, dies war das Zeichen, dass auch sie seinem Wunsche entsprach!

DIE GEBURT DER MUSIK

Solemar wuchs heran, schön bezaubernd, beschenkt von der Natur mit ihren Gaben; sie formte immer neue sanfte Laute mit ihrer Stimme, die, wenn sie sie erhob, selbst die Vögel verstummen liessen, es war als sei dies eine neue Art der Sprache, die eine jede Kreatur verstand, eine Sprache, die nicht traurig werden liess, die heiter, fast fliegend leicht im Raum schwebte, einen Anfang hatte, aber dann sich im Raum auflöste, nicht sichtbar, und doch blieb das Gehörte in Anwesendheit im Raum zurück, war angefüllt mit dem, was Solemars Stimme formte, dieses war verschwindend nicht mehr hörbar, war abwesend und doch anwesend, es war als würde Nacht und Tag sich verschmelzen, eine Verabschiedung, die mit der Ankunft endet.

Der weise, blinde Mann hörte Solemar aufmerksamst zu und eines Tages schenkte er ihr eine Frucht, die er selbst nicht kannte.
Solemar schüttelte diese dunkle, von fern her, kommende Frucht, die mit Fäden überzogen war. Ein seltsames Etwas bewegte sich in ihr, gedankenreich, sich ihrer Gedanken aber nicht bewusst, sah sie den blinden Mann mit seinem durch Weisheit geprägten Gesichtzüge an und sprach „Gleich einem Geheimnis ist diese Frucht" und sie formte mit ihrer Stimme Jenes was ihr Unterweiser *eigen* nannte, und sie schlug, während ihre Stimme sich formte, leicht mit den Fingern gegen die Schale der Frucht, schüttelte sie abwechselnd und formte Laute in hörbar schnellen Veränderungen.
Der blinde, weise Mann lauschte, und das, was er hörte, war so dicht, so intensiv, reiner und klarer als das Wasser, es war ihm, als wolle ein Grösserer, als wir ihn uns vorstellen können

durch sie sprechen. Versunken in das was er hörte, ahnte er, dass dies mehr war als die vielleicht vorübergehende Gabe eines Kindes, es war eine Botschaft, aber nicht die eines Kindes, er ahnte, das dies etwas sei, was der Welt gehören sollte, gehören wird-.

Als Solemar geendet hatte und er ihr Lächeln, dieses lautlose, ahnende Lächeln eines Schicksals auf sich spürte, erkannte er eine zusätzliche Fähigkeit in ihr, sie konnte ihre Stimme im Zusammenspiel mit anderen Geräuschen in einen- wie nur sollte er es nennen- in eine Ordnung bringen. Doch es war nicht die Ordnung der Sterne, nein, sie schuf eine Ordnung der Veränderung, Neues fügte sich zusammen, Unbekanntes war nicht mehr unbekannt, es war, als würden zwei fremde Menschen sich begegnen und würden sich doch seit Kindertagen kennen.

Wenn Solemar mit einer selbst ihm unbekannten Frucht, so bekannt, so vertraut in ihre Laute einwob, wie wenn er ihr andere Gegenstände gäbe, ja selbst einige für sie erfinden würde oder würde gar sie selbst für sich einige finden?

Diese Gedanken beschäftigten ihn mehr und mehr- und vor seinem geistigen Auge wuchs ein Gegenstand an Klarheit, den er mit Solemar gemeinsam anfertigen wollte.

Es war ein sich sinkender Nachmittag als er Solemar bat, vier gleichgrosse Hölzer ihm zu suchen und ihm auch Schilfgras zu bringen, soviel wie ihre Hand tragen mochte. Als Solemar dies ihm in die Hände gelegt hatte, verband er die vier gleichen Hölzer mit Schilfgras, so dass es einem Rahmen nicht unähnlich war. Dann suchte er ein daumendickes Schilfgras und zerlegte es in drei einzelne Fasern und verband diese mit dem oberen und unteren Holz des Rahmens, so dass die Fasern, drei also an der Zahl, straff gebunden waren.

„Was soll dies sein?" fragte Solemar

„Nun, ich weiss es selbst auch nicht, aber du wirst mir helfen es herauszufinden"

Solemar nahm diesen Rahmen in die Hand, und hielt es blinzelnd in die Nachmittagssonne, sah die sich darin brechenden Strahlen zwischen den Schilffasern „Die Sonne spielt mit diesem Schilfgras, fast so als würde sie darin schreiben."

„Spiele du auch – mit deiner Hand und berühre mit deinen Fingern die gespannten Fasern" forderte der weise Mann sie auf.

Sie nahm den Holzrahmen in die eine Hand und begann mit den Fingern der anderen Hand daran zu spielen, zu zupfen, so wie wenn sie ihrer Mutter ein Sandkorn von der Schulter nahm.

Dunkle Laute entstiegen diesen gezupften Fasern und Solemar hob mit ihrer Stimme nun an, erst zögerlich, fast scheu, doch dann sicherer werdend, kontrastierte ihre helle Stimme mit dem dunklen Geräusch, welches aus dem Rahmen strömte und das was unvereinbar schien, die klare, zerbrechliche Stimme eines Kindes, das doch schon im Ansatz der heranwachsenden Frau Nahe war, mit dem dunklen Wort, der aus den Ufern gewachsenen Sprache der Natur, verband sich zu etwas, was wie nie zuvor gehört, als würde sich Hell und Dunkel zu Neuem vereinen, als würde Wasser und Feuer sich in liebkosender Umarmung verschmelzen und nicht mehr die Elemente sein, die sie vor dem gegenseitigen Kuss gewesen waren, als würde sie die Schrecken, die diese beiden Elemente auch geben können, verlieren.

Was nur, was nur war es, was Solemar wie selbstverständlich formte – und plötzlich wurde dem weisen, blinden Mann gewahr, dass in diesen Stimmlauten und dem Geräusch des Holzrahmens, Solemar jetzt auch das Rauschen der Wasserspiele in ihre formende Laute ihrer Stimme mit hineinwob. Plötzlich lebte die kleinste Kreatur, der unbedeutendste Käfer schien einzigartig zu werden in dem Moment, in dem Solemar ihre Stimme und die damit formenden Laute, mit denen der Natur verband, in diesem Atemzug wurde Neues geboren, es war ein Akt der Zeugung und Geburt zugleich.

Als Solemar geendet hatte, war es Abend geworden und die Nachtluft mit ihrem sanften Streicheln kündigte ihr Kommen an.

„Ich liebe diesen bewegenden Hauch! Er spricht zu mir- und mir fallen so Laute und Laute ein, die ich formen möchte, ja ich höre sie in meinem Kopf!"

„Du hörst sie in deinem Kopf?" fragte der Erfinder des Holzrahmens überrascht.

„Ja- ich höre alles in meinem Kopf und es ist so schön, dass ich immer meine Mutter und meinen Vater umarmen könnte!"

Welch eine Gabe! Sie hört dies so Beglückende in ihrem Kopf, es lebt in ihr, welche Gnade! dachte der weise Mann. Und für die Dauer eines tiefen Atemzuges verspürte er Neid auf dieses Kind, was brachte ihm Weisheit, Erkennen, Wissen- dies Kind, diese werdende Frau besass eine Gabe, die alles Wissen und alle Weisheit verblassen liess, dies spürte er deutlich, auch wenn er zu Beginn ihrer Unterweisung dies vor sich selbst geleugnet hatte, es als eine vorübergehende Gabe angesehen hatte, so musste er doch nun schonungslos erkennen, dass diese Gabe sich steigerte, intensiver, ja reifer sich entwickelte. Dass die Weisheit an das Wort, an den Verstand gebunden war, und zum Verstand sprach. Doch die Stimme Solemars und ihre formenden Laute, war nicht die Sprache des Verstandes, der Vernunft, sie war nicht in Worte übersetzbar. Ja, es war eine wortlose Sprache, die doch ohne Umwege verstanden wurde.

„Wie nennst du diesen Holzrahmen?" fragte Solemar und weckte so den Weisen aus seinen Gedanken.

„Den Boten des Windes, so heisst es, nennt Gott seinen Sohn, denn er flüstert dir Geschichten zu, so, wie es unsere Poeten den Königen vortragen."

„So nennen wir den Holzrahmen <Poeta>, eine <Poeta> haben wir heute gebaut. Wollen wir nicht eine <Poeta> mit fünf Schilfgräsern bauen, denn das Wort <Poeta> hat ja auch fünf Buchstaben", rief Solemar begeistert.

„Ja, so wollen wir es halten. Und du kannst mit den fünf Schilfgrasfasern soviel ausdrücken - so wie der Mensch fünf Sinne hat, die wir Menschen zum Leben benötigen. Ich habe einen Sinn, den Sehsinn, verloren, doch Gott hat mich für diesen Verlust mehr als beschenkt."

Solemar legte ihren Arm um die Schulter des blinden Weisen und sprach „Du siehst was ich fühle und denke".

„Wohlan, Solemar, der Nachtwind, die nächtliche Reise des Sohn Gottes kündigt sich an, nähert sich schon, lass uns zu unserem Hause gehen. Du zu deinen Eltern und ich zu meinen Gedanken."

Der weise Mann ahnte, nein, er war sich dessen sicher, dass Solemar eine Gabe besass, die weit über die Steppen und Berge künden würde. Sie trug ein Geschenk in sich und er wusste, dass Menschen dieser Art gefährdet waren, dass ihr Leben schicksalhaft sich vollzog, ein Ende in sich barg, dass nicht heiter war wie die Gabe, die sie trugen. Oh, er sah schon jetzt die Dummheit der Menschen, die ach, wie häufig, Menschen mit besonderen Gaben vernichten wollten. Aber vielleicht war diese Gabe zu gross als das sie vernichtet werden könnte, eine Gabe, die zu den Menschen sprach, gleich ob Krieger oder Sklave, Händler oder Wasserträger. Der blinde Weise hatte es gespürt, wenn Solemar im Garten ihre Stimme veränderte, sie Laute formte, dass die Menschen wie von ferner Hand bewegt lauschten, ihre Körper weicher in Haltung und Gestik sich zeigten. Diese Gabe war eine Bürde, wohlwahr, aber Solemar empfand sie nicht als solche, noch nicht? Sie empfand sie als Spiel. Ja, Spiel, das war es wohl, dachte der Blinde, ein Spiel ohne Absicht und Zweck, ohne Gold und ohne Land, unabhängig von Oasen, Wüsten, Wäldern- Spiel, ein Spiel, ja! Aber womit? Wie nenn ich's bloss, wenn ein Geräusch aus einem mit Fasern bespannten Holzrahmen dringt, entsteigt, wenn Solemar dies mit ihren feingliedrigen Fingern hervor- ja hervorspielt, es dringt, und doch ist es kein Drängen, ist es hell und frei, freier als des Vogelsflug, - noch habe ich keine Worte für dieses, für diese wortlose Sprache, wie nur kann ich's finden, das Existierende, das kein Mensch sehen, nicht schreiben kann, es ist gleich dem Wind, den wir spüren, den wir hören, deren Folgen wir sehen, aber ihn, den Sohn Gottes, sehen wir nicht, ach wo ist sie, die Weisheit? Wie nutzlos die klugen Worte, im Angesicht des Unsichtbaren, der Grösse der Unschuld. Ja! Das auch ist Solemar, sie trägt diese Gabe mit einer Unschuld, die mich klein macht, die das Wort nicht nennen kann, ja wohl mehr verletzt als hilft- ach Weisheit-.

So und noch viel tiefer in seine Gedanken versunken beruhigte ihn der Schlaf. Hatte die Nacht mit ihrer Schwärze ein Erbarmen, mondlos liess sie ihn ruhen.

Welch ein Morgen! Der weise blinde Mann fühlte den beginnenden Tag wie er es sich auf seinem Gesicht streichelnd vorstellte! Nicht wissend warum, hatte er heute das Bedürfnis mit Solemar in den Bazar zu gehen! Warum möchte ich heute auf den Bazar gehen, fragte er sich selbst und da er keine Antwort fand stellte er diese Frage Solemar.

„Weil, du hoffest etwas zu finden, was du selbst aber nicht weist, was du finden möchtest".

„Wahrlich, meine Solemar- du bist kein Kind mehr, noch keine Frau, und wohl gerade deswegen, weil du dich in dem nur einmal im Leben vorkommenden Stadium des noch nicht Erreichten befindest, darum sprichst so weise- weiser und klüger als ich, heller als die Sonnen je ihre Strahlen senden können, und von beruhigender Einfachheit! Du befindest Dich im Zustand des Schwebenden, dies ist wohl das grösste Glück was Menschen beschieden ist, zu wandeln vom Kinde zum Manne, zur Frau – noch nicht dort angekommen zu sein, es ist die Reise ohne Gefahr, das, was du verlässt, ist dir vertraut, das was dich erwartet, kennst du nicht – so schwebst du in Erwartung benetzt vom Tau der Traurigkeit, das du verlässt, wohin du nicht zurückfinden kannst."

So im Gespräch vertieft erreichten sie den Bazar, mit seinen Düften, Farben, seinen Stimmgewirren, den hämmernden Handwerkern, den laut rufenden Händlern!

Solemar führte ihren Lehrer sanft aber doch schützend durch die laute ruppige Menge. So gingen sie von Gasse zu Gasse, bis plötzlich der blinde weise Mann abrupt stehen blieb. „Was ist dies eigentümliche Geräusch" fragte er Solemar.

„Eine Töpferscheibe- ein Töpfer arbeitet an seiner Scheibe und formt gerade einen Krug aus Ton. Und das ist es, was du hörst!"

„Ton- welch sinnige Begegnung, welch sinniges Wort, das scheinbar Stumme verursacht Geräusche sanft, in unterschiedlicher Hast, ein Ton, der Ton", sprach der weise Mann fast schon zu sich selbst.

„Ein Ton? Was meinst du mein kluger Lehrer: es ist Ton, womit der freundliche Mann hier den Krug formt"

„Wohl wahr- dass er formt mit Ton und es – verzeih mir das Spiel mit Worten – und es ergibt einen Ton."

„Deine Worte sind zu weit und zu gross für mich, edler Weiser."

„Nun- erinnerst du dich an gestern, wo du mit einem scheinbar leblosen Gegenstand Geräusche herausgelockt hast?"

„Oh ja- und es hat mir gefallen."

„Sieh- es war doch genauso wie hier mit dem Ton- ich suchte gestern nach einem Begriff für das, was du mit dem selbstgebauten Gegenstand gemacht hast, wie ich es benennen

84

kann diese Geräusche- nun, ich nenne sie Ton, und wenn es mehrere Geräusche sind oder werden, so sind es Tone, nein, Töne! Das was du mit deiner Stimme kannst, ist, du erzeugst Töne! Verstehst du mich Solemar?"

„Wohlan- sind denn diese Töne was anderes als Geräusche?"

„Oh ja- hier in dem Bazar höre, höre genau und sage mir was du hörst!"

„Stimmen die rufen, ja laut rufen, fast schon schreien, hämmern, Schritte, Vögel, die krächzen, Kinder, die weinen, klagende Frauen und"

„Genug, ich merke, du hörst genau- aber sage, sind die Geräusche angenehm, kann sie nicht ein jeder zu jeder Zeit wiederholen, benötigen sie dafür etwas anderes als den gewöhnlichen Tag?

„Ja, ein jeder kann sie und angenehm zu hören ist es auch nicht"

„So siehe- Töne sind etwas anderes, das Spiel des Wassers im Garten deiner Eltern. Das sind Töne! Wohlan, las uns diesen Ort des Lärmes verlassen, ich fand und hörte an diesem Ort, wonach ich suchte, und es ist seltsam genug, dass ich an einem Ort des Lärmes den Namen fand für das angenehmste nach der Stille, die Töne aus dem Munde geformt eines Nicht-Kindes, das noch Nicht-Frau ist!"

Sie verliessen mit nun schnellerem Schritt den Bazar, Solemar ihren Lehrer dabei immer an der Hand führend, schützend den Weg bahnend doch wissend, dass er in seiner Blindheit ihr mehr Schutz schenkte als es die Golddolche grossgewachsener Edel-männer je vermocht hätten!

Sie erreichten die Gärten ihres Hauses- froh, dem Lärm und der Ruppigkeit des Bazars entronnen zusein, dort wo Handel und Münze regierten, wo jener der Geachtetste war, der es verstand, sein Herz erstarren zu lassen für den kurzlebigen Vorteil, der Achtung erhielt, der dem Gegenüber geschickt die Münzen aus dem Beutel sprach.

Es war die Arena des Lugs und Trugs. Der Wettstreit der Falschheit, wo Stille gefürchtet war, wie glühendes Eisen bei den Sklaven.

Der Weise und Solemar setzten sich auf eine blumenumkränzte Bank, die vor den Wasserspielen ihren Platz gefunden hatte.
Schweigend schauten sie auf die kleinen und grossen, sich in ihrer Intensität veränderten Fontänen. Nach und nach liess der weise Mann einen Seufzer vernehmen.
„Was mein grosser Freund ist dir? Ich höre dein Seufzen im Spiel des Wassers!"
„Solemar – nichts ist wohl so lebensreich wie die Blicke der Musse."
„Was ist dies: die Musse?", fragte Solemar.
„Musse, nun es sind die Boten des Glücks! Musse ist wertvoller als der Handel im Bazar, werthafter als die Macht des Scheichs aber auch seltener als der Brunnen in der Wüste, flüchtiger als der Atem der Liebenden.- Musse ist der Augenblick, den Gott uns schenkt! Wir sollten ihn erkennen und kosten, ja auskosten!"
„Grosser Mann der Gedanken, ich kann den Sinn deiner Worte nicht ermessen, so wie ich es wohl gern möchte und wie du es wohl auch von mir erwartest."
„Musse ist, wenn du die Erde, die graue Erde verlässt und eintauchst in eine Reise der Gedanken und der Nicht-Gedanken, wohl mehr der Nicht-Gedanken. Wenn du dich dir selbst näherst ohne dein Wollen, ohne Anfang, nicht wissend, wohin der Anfang dich hinführt."
Der weise Mann schwieg.
Geradezu plötzlich sah er in den Himmel und sprach „Ich hörte, das Priester sprachen, Gott habe ein Zwillingspaar, den Sohn nannten sie WIND und die Tochter mit Namen ZEIT. Den Sohn würde der Mensch spüren und die Folgen seines Zornes seien fürchterlich, sie könne man sehen. Doch die

Tochter ZEIT hätte niemand bis anhin gesehen, doch sie sei um uns", hier verebbten die Worte des Weisen und mehr zu sich als zu Solemar sprechend fuhr er fort „Was dieser Name wohl bedeuten mag: ZEIT?" Und erneut schwieg der weise blinde Mann, der noch nicht reif an Lebensjahren. Unvermittelt fragte er Solemar „Was fühlst du, wenn du deine Töne formst?"

„Glück!!" sprudelte es geradezu aus ihrem nicht mehr kindlichen Munde.

„Ich vergesse ‚wo ich bin, ob es Abend oder Morgen ist! Ich forme nur das, was du die Töne nennst, so fühle ich das, was du die Boten des Glücks bezeichnest, wie hiess es doch?"

„Musse, Solemar, Musse. Musse aber ist etwas was wir in Stille geniessen, fast träumend, ohne den Schlaf darum bemühen zu müssen. Die Musse-, doch du bist handelnd, wenn du die Töne formst- so wollen wir es weder Musse noch müssen nennen. Denn ein Muss ist es nicht, wenn du deine Töne formst, eher eine Lust, die hell strahlt, also heiter ist. Jenes, womit dich die Götter beschenkten, es bewegt sich zwischen Muss und Lust, - wie nur soll ich's nennen?- Die Lust ist auch ein Sieg! Ein Sieg über die Vernunft, über die graue Erde. Lust ist auch der Sieg über die eigene Angst- ist Mut!"

„So nenn es Musik!", sprach Solemar heiter.

„Oh meine Teure, welch ein Einfall aus deinem Mund! Fürwahr! in diesem Wort liegt Musse und Sieg: Musik! Es verbindet die Stille genauso wie das Ungestüme der Lust, die uns zu Neuem treibt.- Musik: die Göttersprache!!", rief er aus und Tränen rannen aus seinen erstorbenen Augen, die nie der Sonnestrahl gesehen. „Solemar, du bringst uns ihre Kunde! Nun versteh ich des Gottes Tochter Namen: ZEIT! Es heisst: Verbinden, so wie der Morgen von der Nacht erzählt, der Mittag das Wort des Abends ist, auch dann, wenn wir dies noch nicht kennen." Seine Stimme erstickte im heissen Augenwasser, doch dann erhob sein Haupt gen Himmel und rief „Mag Gott mit seinen Göttern mir das Licht der Augen vorenthalten haben, doch schenkten sie mir die Gabe zu hören!! Solemar, forme die Töne, wann immer dein Herz dich drängt! Musik sind die Wasserspiele unserer Herzen!"

Der weise Mann jung an Jahren erhob sich und es war Solemar als sei er in seiner Haltung und Ausdruck seines Gesichtes edler geworden, als wären seine geistigen Züge seines Antlitzes entrückter- als hätte sein erblindetes Auge ein inneres Sehen, eine Schau vernommen.
„Ich habe das Licht gehört!" sprach er zu Solemar und ging dann Gedankenverlorenen Schrittes zu seiner Lagestatt.

„Das Licht gehört" lächelte Solemar, und dachte heiter, dass dieser Mann, so weise er war, vielleicht sich selbst nur verstand und begann unbeschwert Töne zu formen, diese dem frühen Abend auf seiner Reise in die Nacht schenkte.
Fast ausgelassen formte sie Ton auf Ton, verband sie, probierte Höhen und Tiefen, formte sie schnell und bedächtig im Ausdruck. Und ihr Gesicht strahlte heiter in Leichtigkeit, so dass die Bediensteten des Hofes als auch Solemars Eltern die Arbeit ruhen liessen und hörten- zuhörten, nichts weiter taten als zuhörten!

Die Schwarze Sphinx und ihr Geliebter sahen voller Stolz aber auch mit sorgenvollen Augen diese Gabe, die ihrer Tochter verliehen war.
Doch von Tag zu Tag wurde es dazugehöriger, dass Solemar mit ihrer Gabe, der Musik, den Tag heiterer erleben liess.

Die Kunde von dem, was man am Hofe der Schwarzen Sphinx vernahm, erreichte die nächtlichen Lagerfeuer in den Wüsten genauso wie die vornehmen Zelte in den Oasen. Geschichten strömten durch die flirrend heisse oder nächtlich kalte Luft, zogen von Horizont zu Horizont, Märchenerzähler schmückten ihre Geschichten, doch gehört hatte niemand das, was als - Musik- in den Erzählungen von Land zu Land zog. Niemand ausser den Bediensteten am Hofe und einem Fremden. Es wurde erzählt, er sei ein Freund des weisen blinden Mannes, der Solemar ins Leben führe. Gross sei er, von heller Hautfarbe. Ein Fahrender, der weit übers Meer gesegelt sei, ein Gast sei er gewesen bei vielen Stämmen und seltsamen Menschen, die an einem grossen Fluss lebten und nackt in Bäumen hausten. Ihm sei auch die Gottes-Tochter ZEIT erschienen. Er könne sagen, was sie – die Tochter Gottes – den Menschen zu geben hätte. So zogen die Geschichten von Feuer zu Feuer, von Bazar zu Bazar, von Suk zu Suk. So flossen die Geschichten zusammen: die Geschichte der Musik und die der Gottes-Tochter ZEIT.

Soll ein Fremder uns den Wunsch der Götter offenbaren? War es auf den Wegen, in den Zelten zu vernehmen. Und in den Bazars stritten die Händler eifrig darüber, ob sie mit der ZEIT und der Musik nicht auch - trefflich gute - Geschäfte machen könnten.
Von diesen Geschichten hörte Solemar aber nichts, ihr weiser Denker ins Leben schirmte sie ab- zu wertvoll war die Gabe, die sie erhalten, als das, Händler und Märchenerzähler sich ihrer bemächtigten! Nein, dies durfte nicht sein- Schutz und sanfte Entwicklung ihrer Gabe - einer Gabe der Götter! – war nun seine Lebensaufgabe.

Schutz vor dem Leben, vor einer Welt, dieser Welt, die das wachsend Schöne selten erkennt und noch weniger erträgt, darum sie es häufig zerstört!-
Die Zerstörung des Schönen, des Seltenen, so jung der weise Mann auch war, dies kannte er bereits, hatte es erlebt, wie seine Weisheit als Geist der bösen Dämonen betrachtet wurde, wo sich Angst, Unwissenheit und unvergleichliche Weltanmassung paarten, dem Wahn verfallen, die Welt zu

kennen! Und sie darum beherrschen zu können- jenseits des grossen Geist, fern hilfreicher Geister!-

Nein dies sollte Solemar nicht widerfahren, das Auge der Welt sollte erst auf sie blicken, wenn sie dem Sturm der Ablehnung, der Angst vor dem Neuen, womit die Welt doch stets reagierte, erst dann, wenn Solemar ihre Gabe gefestigt hatte, erst dann sollten die Augen der Menschen auf sie gerichtet sein, wenn dieses einzigartige Kind gewachsen sei, so, dass sie über die Anmassung, fern der Käuflichkeit, ihren Geist verstand. Es war eine Aufgabe, die, hätte der weise Mann alles von der Welt gewusst, hätte er selber mit seinen Augen sehen können- verzweifelt wäre ob dieser Aufgabe für sein Leben, ja, hätte sie niemals gedacht: zu aussichtslos wäre sie ihm erschienen.

Doch ein grosser weiser Geist schützte ihn, gab ihm die Blindheit, damit er nicht den Alltag der Welt sehen müsse, sondern die Schau des noch nicht Sichtbaren wie es sich in der Zukunft formte und seine Weisheit – die nicht mit dem Wissen des Tages gleichzusetzen war – dieses Nichtwissen und doch der Weisheit fähig, gaben ihm den inneren Reichtum und die Hoffnung, die ihn über die sehende Welt triumphieren liess!-

Schicksal vollendet sich jenseits allem Wissen, aller noch so grossen Kenntnisse der Sterne und dem Lauf der Sonne- nicht zu fragen ist Mut, wie nicht zu antworten Weisheit bedeutet!

Wie aber konnte er sie schützen? Das Vorenthalten von Wissen war nicht Schutz, aber die Auswahl, die Sichtweise was es bedeuten könnte!

Doch Solemar hatte mit der Gabe des Singens eine weitere dazu erhalten. So sah sie scheinbar nur das Schöne, als sei ihre Seele weit über dem Boden, als würden ihre Augen das Hässliche nicht aufnehmen. Dies, so schien dem weisen Mann musste einen gleichen Rang haben wie die Gabe zu singen. Was, wenn beides zusammengehöre, so wie das Wasser und das Feuer, beides war Eins, der Gegensatz löste sich auf, die Fähigkeit zu Singen bedurfte wohl der Gabe, das Hässliche nicht zu erkennen. Es war eine gnadenreiche Blindheit. Welch auserwählter Geist dem dieses zuteil wurde! Das Hässliche nicht sehen zu müssen war vielleicht dieses von Gott berührt sein, war vielleicht diese innere Unverletzlichkeit, die zu dieser Gabe führte. Das ein fremdes, weit entfernt lebend Volk mit Charisma bezeichnete, so erinnerte sich der weise Lehrer.

So wie es die Karawanen erzählten und was sie die grossen Wasser nannten, welche ausdehnender sein als all die Wüsten, die sie schon durchquert hatten.

So vielleicht war es, was der weise Mann singen nannte, vielleicht schwamm Solemar in einem Ocean ohne es zu ahnen, war sie eingetaucht in Jenes was ohne Anfang und ohne Ende blieb.

Er sass in seinem bescheidenen Zelt und nahm den Duft frischer Früchte wahr. Früchte, sann der weise Mann, die Früchte, sie haben Kerne nicht selten waren diese unzerstörbar, und für den Vorgang der Reife unerlässlich. Vorgang der Reife sinnierte er, eine Frucht reift ohne die Natur zu kennen, aber sie reift.

So schien es ihm, war es wohl auch mit Solemar und gleich einer reifen Frucht, die man vor der Wut der Natur schützen musste, so musste er auch Solenar vor der Wut der Welt, der Menschen schützen. Nur, dass die Wut der Natur eher von kurzer Dauer war, doch die Wut der Menschen, ja die Wut des Lebens von anhaltendem und vernichtendem Frass war. Von Endgültigkeit war. Von einer Endgültigkeit, die die Natur zwar konnte aber nicht wollte. Der Mensch aber wollte zerstören, nachhaltig.

Es gibt Fragen, auf die es keine Antworten gibt, ja nicht einmal die Frage selbst ist möglich. Und doch sah der weise junge Meister, dass das Geschenk, welches Solemar der Welt geben würde, dass dieses Geschenk die Welt verändern würde, das Geschenk der Geschenke der Götter:

die *M u s i k.*